講談社文庫

内房線の猫たち

異説里見八犬伝

西村京太郎

講談社

内房線の猫たち　目次

内房線の猫たち
異説里見八犬伝

第一章　房総へ

1

狂介《きょうすけ》は手錠をかけられ、浅草《あさくさ》警察署に連行された。酔いは、すでに覚めてしまっている。

左の拳《こぶし》が、腫《は》れていて痛い。相手を思い切り殴った時、中指を、骨折したのかもしれない。

「まず、あんたの名前を聞かせてくれないか」

と、刑事が、いった。

「俺、逮捕されたんですか？」

刑事の質問には答えず、狂介のほうから、きいた。

「少なくとも、今日一日は泊まってもらうことになるよ」

「ちょっと待ってくださいよ。俺は、ケンカをしただけですよ。ケンカ両成敗じゃないんですか？」

「あんたが殴った男だがね、病院に運ばれて、診察した医者は、全治一週間の傷だといっているんだ。こうなると、ケンカ両成敗というわけにはいかないだろう」

「でも、俺だって、相手から、何発も殴られましたよ」

「分かっている。しかし、見たところ、あんたのほうは、せいぜい唇《くちびる》の辺りが切れて、血が少しにじんでいるくらいのもんじゃないか？　相手に比べたら、ただのかすり傷だ。とにかく、あんたの名前から聞こう」

刑事は、ボールペンを構えた。

「猫《ね》、田《た》、狂、介」

と、狂介は、一字一字区切りながら、いった。

「ねこたきょうすけ？　いったい、どんな字を、書くんだ」

「犬猫の猫、田んぼの田、狂人の狂、吉良上野介《きらこうずけのすけ》の介」

狂介は、ふざけて聞こえる調子で、いった。

自分の名前だが、気に入らないのだ。

「本名か？」

と、刑事が、きく。

「ええ、本名ですよ。自分でも嫌いな名前ですがね」

「それで、住所は？」

「住所は決まっていません」

「宿なしか？」

「まあね」

「毎日どこに泊まっているんだ？」

「毎晩、どこかの店で、飲んだくれていると、たいてい親切なママさんが泊めてくれるんですよ」

「じゃあ、あんたに、何かあって連絡をしたい時、どこの誰に、電話をすればいいのか、それを教えてくれないか」

「でも、今日は留置場で、明日の朝には釈放でしょう？　どうして、連絡先が必要なんです？」

「いいかね。あんたが殴った男は、一週間の傷だが、医者の話では、ひょっとすると、打ちどころが悪くて、死んでしまう可能性もあるそうだ。もし、そうなったら、あんたは傷害致死ということになる。われわれは、あんたを傷害致死で逮捕して、裁判にかけなければならなくなる。その時のために、連絡先を知っておく必要があるんだ」

と、刑事が、いった。

しぶしぶ、狂介は、刑事に、一つの電話番号をいった。

「そこに、電話をしてくれれば、俺に連絡がつくはずだ」

「どういうところだ?」

「たしかOHC」

「何だって?」

「OHCだ。とにかく、そこに電話をしてくれれば分かるよ」

「自分で、電話をするのが嫌なんだな。多分、迷惑ばかりかけているんだろう」

「まあ、そんなところさ」

と、狂介は、ふてくされて、いった。

刑事は、携帯電話を取り出し、狂介がいった番号に、電話をかけた。

「OHCですか?」

と、刑事が、きくと、

「そうです。ＯＨＣです」

と、男の声が、答える。

「そちらは、どういうところですか？」

「青梅平和《おうめへいわ》コミューン、その略でＯＨＣといいます」

「それでは、よく分かりませんね。具体的には、どんなことを、やっているところですか？」

「平たくいえば、児童養護施設ですよ。ところで、お宅様は？」

と、相手が、きいた。

刑事は、携帯を耳に当てたまま、狂介に目をやった。

「こちらは浅草警察署なんですが、酔っぱらってケンカをして、相手に全治一週間の傷を負わせた男が、今、ここにいるんですが、名前は猫田狂介といっています。連絡先を教えろといったら、そちらの電話番号を口にして、ここにきけば、自分に連絡がつくはずだというので、電話をしたのですが、どうでしょう、猫田狂介という男に、お心当たりは、ありますか？」

と、刑事が、きいた。

「その男でしたら、たしかに、ウチの卒業生です」

「卒業生?」

「ええ、ウチの子たちは全員、十八歳になると、一応、ここを卒業してもらうことになっているんです。猫田も十八歳になった時、十年前ですが、ウチを出ていきました。猫田は、現在二十八歳のはずです。しかし、困りましたね。ケンカをして、そちらに捕まったんですか?」

「その通りです。飲み屋でほかの客とケンカをしました。一日だけ留置しますから、明日の朝、こちらに、迎えに来てくださいませんか?」

と、刑事はいった。

2

翌朝早く、OHC、青梅平和コミューンの職員が、浅草警察署に猫田狂介を迎えにやって来た。五十代の男で、山口清《やまぐちきよし》と書かれた名刺を、刑事に渡した。

「猫田狂介という名前ですが、いささか奇妙な名前だと思うのですが、これは間違いなく、本名ですか?」

と、刑事が、きいた。

山口が、答える。

「今から二十八年前の十月頃、私どもの施設の前に、段ボールの箱に入った男の子が捨てられていました。医者の話では、生後六ヵ月ぐらいだろうということでしたが、その箱の中には、手紙が入っていまして、『この男の子の名前は、猫田京介といいます。生活が苦しくて、私には、どうしても、育てられないので、よろしくお願いします』と書かれていました。そこで、その時を、零歳として、名前は猫田京介ということで戸籍を作りました。ですから、本名ということになります」

刑事は、メモ用紙に、猫田狂介と書いて、それを相手に見せながら、

「これであっていますか？」

「猫田は、これでいいのですが、狂介の狂は、この字ではありません。正しくは、京都の京です」

と、山口が、いった。

「本人は狂人の狂だといっていましたよ。ふざけた男ですね」

と、刑事は、笑ってから、

「そちらには十八歳まで住んでいて、それで卒業したということですが」

「私どもの施設では、一応、十八歳になった時点で、独立してもらうことになってい

るのです。ですから、猫田京介にも、そうしてもらいました」

「彼は、独立した後、うまく生活できていたんですか？」

「いや、それが、どうも失敗の連続だったらしくて、今までに五、六回、他人に迷惑をかけて、その都度、私が引き取りに行っています。猫田という男は、親に捨てられたということが、いまだに、トラウマになっていて、人生そのものをバカらしく思っている、そんな男です。今のところ、まだ大きな犯罪には関わっていないので、何とか今のうちに、立ち直ってくれればいいと思っているんですが」

と、山口が、いった。

猫田京介は、迎えにきた山口に連れられて、東京駅《とうきょう》まで、タクシーで行き、東京駅からは中央本線に乗って、ひとまず、ＯＨＣまで戻ることになった。

その途中で、突然、猫田が、山口に、いった。

「あんたに、前々から、ききたいと思っていたことがあるんだ。二十八年前に、俺は、段ボールに入れられて、ＯＨＣの前に捨てられていた。その時、手紙と一緒に、五万円の現金が、入っていたと教えられたんだ。その五万円は、どうなっているんだ？　まだ返してもらっていないんだがね」

山口が、小さく笑って、

「君は、そんなことをいうが、君は赤ん坊の時からずっと、十八年間、ＯＨＣに、厄介になっているんだよ。育ててもらい、高校まで行かせてもらった。五万円なんか、あっという間に、消えてしまっているよ」

「それでも俺は、その五万円が、どうしても欲しいんだ。今すぐ、この場で返してくれ。五万円くれたら、ＯＨＣには戻らないし、今後、迷惑はかけない」

急に、猫田は、東京駅の構内で山口に、食ってかかった。

「どうしても、金が必要だというんなら、今、一万円なら持っているから、それで我慢してくれ」

「いや、ダメだ。五万円だ」

と、怒鳴《どな》って、猫田は、いきなり山口を、殴りつけた。

小さな山口の体が、大きく吹っ飛んだ。その山口の腰の辺りを、猫田が力いっぱい蹴《け》とばした。

近くにいた女性が、悲鳴を上げ、駅員が飛んできた。

3

猫田は、再び手錠をかけられ、警察署に連行された。

同じ刑事が、呆《あき》れたような顔で、猫田を迎えた。

「お前はたしか、二十八歳だったな？」

と、刑事が、いった。

刑事は、昨日捕まった時、猫田のことを「あんた」といっていたが、今は「お前」である。

「二十八歳にもなるいい大人が、せっかく身柄を、引き取ってくれるという人が、わざわざ来てくれたというのに、お前は、その人を殴ったんだぞ。自分のやったことが分かっているのか？」

「俺が段ボール箱に入れられて、ＯＨＣの前に捨てられていた時、手紙と一緒に、五万円の現金があったんだ。その五万円を、あの野郎、ネコババしやがって。本当に、ふざけたヤローだ」

と、猫田が、いった。

「お前なあ」

と、刑事が呆れて、猫田の顔をじっと見つめた。

「いいか、よく考えてみろよ。お前を迎えに来てくれた、OHCの山口さんもいっていた筈だ。たしかに、段ボール箱の中には五万円の現金が入っていた。しかし、お前が赤ん坊で捨てられていた時から、OHCでは、ミルクを飲ませ、離乳食を与え、病気になった時には、病院にも連れて行った。その後も、十八歳になるまで、お前の面倒を見てくれたんだ。五万円なんて、あっという間に消えてしまっている」

「だが、今、俺は、五万円の現金が、どうしても、欲しいんだ」

「五万円の現金が欲しいのなら、働いて稼《かせ》げばいいじゃないか？　ところが、お前は、働くのがいやで、恐喝のようなことを、やっているみたいじゃないか？　気の弱そうなサラリーマン、学生や女性を脅《おど》かしたり、金を奪ったりしている。そんなことでいいのか？　どうして働かないんだ？」

「面倒くさいんだ」

「呆れた男だ。今日もまた留置場に入ってもらう。その間、反省していろ」

刑事が、さすがに、怒った口調で、猫田に、いった。

昨日は、留置場には、猫田一人だけだったが、今日は、もう一人、別の男が入っていた。

三十五、六歳の、ひょろりと背の高い男である。その男は、猫田を無視して、壁に寄りかかり、眼を閉じて眠っていた。

猫田のほうも、もともと人と会話をすることがあまり好きではないから、ずっと黙っていた。

夕食の時になって、急に、その男が、猫田に話しかけてきた。

「あんたの名前は、猫田京介というそうだな?」

「それがどうしたんだ? 猫田で悪いのか?」

猫田が、嚙《か》みつくと、相手は、笑った。

「猫田か、いい名前じゃないか」

「あんたに、どうして、そんなことが分かる?」

「その名前、いやなのか?」

「当たり前だ。俺は、この名前のせいで、子供の時に、ずいぶん苛《いじ》められた。働くようになってからも、会社で猫、猫といわれてバカにされた。そんな自分の名前が好きになれるわけがないだろう。分かりきったことをきくな」

「猫という生き物は、犬に比べれば賢いんだ。バカじゃない。だから、あんただって頭がいいはずだ」

「俺はね、今もいったように、子供の時、この名前のせいで苛められた。猫なら化けてみろといわれた。当然化けられないから殴られた。猫田という名前で、いいことも得をしたことも、一度だってなかったぞ」

と、猫田が、いった。

「そのうちに、いいことがあるさ」

と、相手が、いう。

「うるさいな」

と、急に、猫田が、目をとがらせた。相手は、笑っているだけで、その後は黙ってしまった。

次の日の朝、その男が、留置場を出ていった。出ていく時、残った猫田に、なぜか、名刺を一枚くれた。

小笠原実《おがさわらみのる》
それが、名刺に書かれてあった、その男の名前だった。

住所も書いてなければ、肩書きも書いていない。電話番号だけが書いてある、奇妙な名刺だった。

名刺を裏返すと、そこには一行だけ、

人生を楽しみたければ、電話したまえ

と、書いてあった。

翌日、浅草警察署を出ると、猫田京介はまっすぐ、浅草千束《せんぞく》のバーに直行した。いつもと同じように、酔っぱらうまで飲んだ。

そして、寝てしまう。

おそらくママが、自分のマンションに、泊めてくれるか、店に寝かせてくれるだろう。

ところが、この日は予想通りにはならなかった。店で寝ていたら、いきなり蹴とばされたのだ。

相手は悪いことに、この辺りを縄張りにしているやくざの哲《てつ》ちゃんだった。

この店のママと哲ちゃんがいい仲だったことを、猫田は、すっかり忘れてしまっていたのだ。

とにかく、猫田は哲ちゃんに、めちゃくちゃに殴られ、店の外に放り出された。それだけならまだよかったのだが、哲ちゃんは、この夜、猫田が飲んだ代金、一万八千円を払えという。

金がないと、猫田がいうと、哲ちゃんは、さらに怒り、身ぐるみはがされてしまった。

シャツにパンツ一丁である。ただ、そのシャツのポケットに、小笠原という奇妙な男がくれた名刺が入っていた。

猫田は、自分でもなぜか分からないが、電話してみる気になった。

ところが、携帯電話は持っていないし、電話をする金もない。そこで、猫田は、浅草警察署まで歩いていき、例の刑事に頼んで、金を借りることにした。

この刑事は、人がいいのか、とにかく会ってくれて、金の代わりに、自分の携帯電話を、貸してくれた。ただし、この場で、電話をかけろという。

猫田は、名刺に書かれてあった電話番号に、電話をかけてみた。

聞き覚えのある男の声がした。

「俺のことを覚えているか」

と、まだ酔いの残った声で、猫田が、いった。

「ああ、覚えている。猫が好きな酔っぱらいだろう」

小笠原が電話の向こうで笑った。

「今、俺、ものすごく寂しいんだ。電話をしたら、何かいいことがあると、名刺に書いていたな？　そのいいことというのを、俺に教えてくれよ」

「どこに迎えに行けばいい？」

「例の浅草警察署だ。できれば、車で迎えに来てくれ」

と、猫田が、いった。

夜が明けてから、あの男が、タクシーで、迎えに来た。

刑事が、小笠原に、いった。

「あんたたち二人は、三日前に留置場で出会ったばかりなんだろう？　それなのに、この酔っ払いを助けてやるというのか？　どうでもいいけど、二人で悪いことだけはやるんじゃないぞ。分かっているだろうな」

「こういうのを、いったい何といったらいいんですかね？　私は、こういうバカな男を見ると、放っておけなくなるんですよ」

と、小笠原が、いう。

「まだ酔いが、残っているんだろう？　少し覚まして帰れ」

刑事は、猫田と小笠原のために、近くの食堂から、朝食を運んでもらい、服も渡してくれた。

その朝食を、食べ終わってからタクシーに乗ると、猫田が、

「よお、金を、貸してくれよ。今日は、新宿で飲みたいんだ。それまで、どこかで眠りたい。そうだ、漫画喫茶がいい。漫画喫茶の分と今日飲む分と両方で、二、三万貸してくれればいい。頼むよ」

と、小笠原に、いった。

「ダメだ」

小笠原は、いったあと、タクシーの運転手に向かって、

「東京駅へやってくれ」

と、いう。

「東京駅に、何しに行くんだ？」

と、猫田。

「今日は、私のいう通りに動いてもらう。いやだといったら、もう一度、浅草警察署に連れていって、留置場に、ぶち込むぞ」

「だから、きいているだけじゃないか。東京駅に何しに行くんだ？」

「列車に乗って、空気のいいところに行くんだ。あんたに、必要なのは、第一に健康

だよ。体の健康と、心の健康だ。それには、千葉《ちば》あたりの海を見るのがいちばんいい。南房総《みなみぼうそう》の海だ。健康になるぞ」

「いやだ、俺は、そんなところには行きたくない」

「ダメだ、行くんだ」

「ダメだといわれても、いやなものはいやなんだ」

二人でいい争いをしているうちに、タクシーは東京駅に着いた。

東京駅は、相変わらず混んでいた。

「どこに行くんだ？」

「これから、内房《うちぼう》線に乗って千葉に行く。南房総は、空気はいいし、海はきれいだし、暖かい。そこへ行って、君のこれからの人生について、二人で、じっくりと話し合おうじゃないか」

と、小笠原が、いう。

「バカバカしい」

と、いってはみたものの、金がないのでは、どうしようもない。今は、小笠原のいうことを、聞くしかないだろうと、猫田は、覚悟を決めた。

二人は、特急「さざなみ」に乗り込んだ。ボックス席に、向かい合って座り、小笠原が、東京駅のキヨスクで買った、ウーロン茶を差し出した。

「俺は、酒のほうがいい」

と、猫田が、いうと、小笠原は、

「酒はダメだ。今日一日は禁酒だ。しらふでいてもらう。君に話したいことがあるんだ」

いつの間にか「あんた」が「君」になっている。

(意外に、この男は、真面目なんだな)

と、猫田は、思った。

内房線の特急は、東京駅から出発する。専用のホームはなくて、京葉線の地下ホームからの、出発である。こんな面倒なことになっているのは、内房線の出発駅は東京駅ではなく蘇我《そが》駅だからである。

それなのに、蘇我駅から出発する内房線の特急というものはない。全て東京駅からの出発になっている。

したがって、東京駅の内房線乗り場は、いわば、間借りである。

二人は、特急「さざなみ」に乗った。まるで、地下鉄のホームのようなところから、特急「さざなみ」は出発する。そして、しばらくの間は地下を走り、突然、地上に出る。

小笠原は、列車が、地上に出たところで、呑気に、猫田に、いった。

「この内房線というのは、面白い電車でね、おそらく、日本でいちばん名前が変わった路線じゃないかね。最初は木更津《きさらづ》線といった。次が北条《ほうじょう》線だ。安房《あ》北条《わ》まで開通したからね。そして、三番目は、ただの房総線だ。その後、安房鴨川《かもがわ》を境に、房総西線、房総東線と呼び分けられるようになった。房総西線というのが今の内房線だよ。こんなに名前が変わった路線というのは、全国でもひじょうに珍しいんだ」

「おい、ちょっと待ってくれ」

と、猫田が、いった。

「面白くないか？」

「面白いも何も、俺は金がないから、仕方なく、あんたのいうなりになって、内房線の特急に乗っただけだ。俺は別に、千葉県に興味があるわけじゃない。内房線が何度も名前を変えたからって、そんなことはどうでもいいことだ。何の興味もない。早く教えてくれ。内房線の、どこまで行くのか、なぜ、そこに行くのか、俺は、それが知りたいんだ」

「教えたら、どうするんだ？」

「おそらく、眠るな。少しばかり眠りたいんだ」

と、猫田が、答えると、

「分かった」

と、小笠原が、いった。

「君は『南総里見八犬伝《なんそうさとみはっけんでん》』を知っているか？」

「昔、映画を観たことがある。たしか、犬の字が名前に入った八人の侍が敵と戦うという話だろう？」

「その通りだ。よく知っているじゃないか。江戸時代に、曲亭馬琴《きょくていばきん》という人が書いた小説で、ストーリイが面白いというので、現在でも歌舞伎で演じられているし、君がいったように映画にもなっている」

「それで？」

興味のなさそうな声で、猫田が、先を促した。

「君は『南総里見八犬伝』を架空の物語だと思っているだろう？」

「もちろん、そう思っているさ。珠が飛び散って、八人の犬士が、生まれたなんて、そんなことが事実なわけがないだろう」

「たしかに、今もいったように『南総里見八犬伝』というのは、曲亭馬琴という人の書いた架空の物語だが、全てが、架空というわけじゃない。実際に、千葉県に里見氏という大名がいたんだ。一時は、十二万石の大名だったが、跡取りがいなくて、里見家は、断絶してしまったが、これから行く館山《たてやま》には、里見氏が、建てたという館山城の跡があるし、里見氏の墓のあるお寺もあるんだ」

「それがどうしたんだ？　第一、江戸時代の話だろう？　たしかに昔、里見という大名がいたかもしれないが、犬の字のついた八剣士がいたなんて、本当のはずがないじゃないか」

猫田が、面白くなさそうな声で、いった。

「江戸時代に『南総里見八犬伝』を書いた曲亭馬琴は、実際に、里見氏のことを、調べて書いている。だから、全くの、架空の物語というわけではないんだ。作中に、里見氏という大名の本当の姿が、書き込んである」

「それがどうしたんだ？　俺は、江戸時代の話なんかには、何の興味もない」

相変わらず、猫田は、面白くなさそうに、いった。

「しかし、君は今、私の話に興味を持って、内房線に乗っているじゃないか？」

「さっきから何度もいっているだろう。それは、俺には金がないからだよ。もし、あんたが今、この場で金をくれたら、俺は、千葉なんかには行かない。さっさと東京に帰ってしまうぞ。まだ飲み足りないからな。どこかに飲みに行きたいんだ」

と、猫田は、いったが、小笠原は、そんな猫田の言葉には構わず、話を続けた。

「里見家には、戦いの名人が何人もいたらしい。だから、曲亭馬琴は、そのことを踏まえた上で、『南総里見八犬伝』という長編小説を書いたんだ。しかし、私が調べたところによると、里見家にいたという剣士は犬ではなくて、本当は猫の字がついていたということが分かったんだ。その中には、君と同じ猫田という侍もいた」

「何かウソくさいな」

「私がいろいろと、調べたんだから、間違いはない」

「俺に、どうして、そんなことを話すんだ？　俺がたまたま、猫田という名前だからか？」

「君は今から二十八年前に、児童養護施設の前に捨てられていた。したがって、自分がどこの生まれか、どんな両親のもとに生まれたのか、分からないんだろう？」

「当たり前だろう。俺は、生まれてすぐ、親に見捨てられたんだからな」

「君の先祖は、おそらく、これから行く館山の里見氏に、仕えていた家臣だったんじゃないかと、私は、考えているんだ」

「変な男だな、あんたって人は。そんなことを知って、この俺が喜ぶとでも思っているのか？」

「しかし、君は、児童養護施設で、育ったので、両親がどんな人間だったか、それを知りたいと思っているそうじゃないか？」

「できることなら知りたいさ。だからといって、俺は、両親のことが分かっても、別に嬉しいとも、会いたいとも、思わない。ただ、俺の両親が、どこの誰で、どうして俺を捨てたか、それだけが分かればいいんだ。それ以上は、知りたくもない」

「私が調べた限りでは、里見家には、今いったように猫の字が名前に入った侍が何人かいたらしいんだ。その中には、猫田という姓の剣士もいた。これは、間違いないんだ。たぶん、その剣士は、君の祖先だな。それでも、興味が、出てこないかね？」

「まあ、少しは興味がある。しかし、いかにも、ウソくさいじゃないか」

「これから、館山で降りて、里見家の菩提寺《ぼだいじ》に行って、そこの住職に話を聞けば、はっきりするだろう」

と、小笠原が、いった。

4

窓の外に、広々とした海が見え始めた。東京湾である。東京湾とは思えないような、真っ青な海が広がっている。白い観光船が走っている。

今日は、雲一つなく晴れているので、三浦《みうら》半島の向こうに、富士山が、そびえているのが見えた。

東京駅を出発して一時間余り。今、車窓に見えるのは、全くの自然だった。海の自然、空の自然、そして、富士山という大きな自然だった。

「俺、何だか眠くなってきたよ」

と、猫田が、大きなあくびをした。

「今から寝てはダメだ。まもなく館山に着くぞ」

と、きつい声で、小笠原が、いった。

5

特急「さざなみ」は、東京駅を出発して二時間足らずで、館山に、到着した。

二人が館山駅で降りて、駅の外に出ると、駅前のロータリーに一台のジャガーが停まっていた。

運転席にいたのは、二十代と思える若い女性だった。猫田に向かって、その女性は、頭を下げると、

「香里《かおり》です」

とだけ、あいさつした。

「これからすぐ、里見氏の菩提寺に行ってくれ」

と、小笠原が、いい、三人を乗せたジャガーは、その寺に、向かった。

三人は、境内にある里見家の墓にまず、お詣りした後、住職に話を聞くことにした。九十歳だというが、しっかりとした感じの住職だった。

住職の奥さんが、お茶とお菓子を出してくれた。そのお菓子を食べ、お茶を飲みながらである。まず、小笠原が、

「里見家の家臣の中には、猫の字のついた名前を持った家臣が何人かいたそうですね？　これは、本当でしょうか？」

と、住職に、きいた。

「その通りです。『南総里見八犬伝』が有名になったせいで、里見家には、犬の字が名前に入った八剣士がいたのではないかときいてくる人がいますが、間違いです。あれはあくまでも、曲亭馬琴の小説の世界、つまり、架空の世界の話であって、実際に

は、犬の字のついた剣士は、里見家には一人も、いませんでした。その代わり、あなたがいわれたように、猫の字がついた家臣は、何人かいました」

と、住職が、いった。

「それ、本当なんですか？　住職の話を聞いただけでは信用できませんが」

と、猫田が、いった。

住職は、笑った。

「ちょっとお待ちください。証拠をお見せしましょう」

住職は、立ち上がり、部屋を出ていった。

しばらくして、戻ってくると、

「お待たせしましたな。どうぞ、これを見てください」

と、いって、何やら古文書のようなものを差し出した。

住職が、持ち出してきたのは、里見家の家臣団の、名簿だった。もちろん、筆で書かれている。

「ここには、里見家の家臣全員の名前が、書いてあります。これを見ると分かるように、当時の里見家には間違いなく、猫の字のつく家臣が八人いました。おそらく、曲亭馬琴は、それをそのまま使ってはまずいと思ったんでしょうか、猫を犬に替えて八犬士を作ったのです」

そういって、住職は、その古文書を、ぱらぱらとめくって見せた。

そこには、間違いなく、猫という字のつく家臣の名前が書かれていた。

6

三人は、夢中になって、三百人近い家臣団の中から、猫の字のつく名前を探して、それを、メモしていった。

猫田《ねこた》作左衛門《さくざえもん》景平《かげひら》
猫谷《ねこや》源蔵《げんぞう》重盛《しげもり》
猫山《ねこやま》新八《しんぱち》武之《たけゆき》
猫川《ねこかわ》久太夫《きゅうだゆう》貞行《さだゆき》
猫毛《ねこげ》久太郎《きゅうたろう》満正《みつまさ》
猫足《ねこあし》源八郎《げんぱちろう》康行《やすゆき》
猫倉《ねこくら》三平《さんぺい》宣行《のぶゆき》

と、続く。

最後の八人目は、女性だった。

猫柳采女《ねこやなぎうねめ》である。


ここに来るまでは退屈そうにしていた猫田だが、さすがに、「猫田作左衛門景平」という名前にぶつかると、眼を光らせ、身体を乗り出してきた。

「この家臣は、本当に、俺の先祖なのか？」

と、住職の顔を見た。

「そうだよ。先祖に決まっている」

と、いったのは、小笠原だった。

この時になって、香里と名乗った女が、やや紅潮した顔色になり、住職に向かって、

「ここに書いてある猫柳采女という人ですけれど、ひょっとすると、私の先祖かもしれません」

えっという顔で、猫田が、彼女を見つめると、相手は、

「実は、私の名前、本当は猫柳あかねというんです」

と、いった。

話をしているうちに、猫田も、少しずつ興奮してきた。

「たしかに、ここには猫という字のつく名前を持った家臣が八人いますけど、この名簿を見て、曲亭馬琴は、猫を犬に替えて『南総里見八犬伝』を書いた、そういうことでしょうか？」

と、小笠原が、住職に、きいた。

「おそらく、そうでしょう。私が先祖から伝え聞いた限りでは、猫では侍らしくないというので、曲亭馬琴が、猫の字のついた名の八人を犬に替えて『南総里見八犬伝』を書いたと、聞いていますよ」

「この八人ですが、猫の字がついていたので、里見家の家臣団の中で有名になったのでしょうか？　それとも、『南総里見八犬伝』のモデルとして曲亭馬琴が使ったから、それで有名なんでしょうか？」

と、小笠原が、きいた。

「これも、私が伝え聞いた話ですから、あくまでも、そのつもりで聞いてくださいよ。これは、江戸時代の頃の話なのですが、当時安房九万石の大名だった里見家では、当主が流罪《るざい》になり、後継ぎがいなかったので、幕府によって、お家を断絶させられてしまいました。そのために、里見家の家臣たちは、全員が浪人になってしまったわけですが、この時、この猫姓の八人は、幕府のやり方に不満を持ち、八人で団結して幕府に抗議をしました。もちろん、幕府は、そんな彼等のいい分には耳を貸さず、取り上げようとはしませんでした。そこで、この八人の猫姓の家臣たちは、江戸や、この房総で、それぞれの才能に合わせた、おどろおどろしい復讐《ふくしゅう》を始めています。それは変幻自在な活躍で、幕府も手を、焼いたそうです。庶民たちは、八剣士の活躍を大いに喜びましたが、幕府は、この八人の猫姓の家臣たちの墓を作ることを許さなくて、そのために、この八人の墓は、この館山にはありません。私は、そのように聞いています」

と、住職が、いった。

「墓はなくても、猫姓の家臣たちの子孫は、どこかにいるんじゃありませんか？」

と、小笠原がきく。

住職は、うなずいて、

「もちろん、いるはずですよ。今だって、すでにここに二人、猫田作左衛門景平と猫柳采女の子孫が、見えているじゃありませんか？　お墓が作れなかったわけですから、あとの六人の子孫が、今どこで、どうしているのかは、全くの不明なのです。できれば、その子孫の方たちに集まっていただいて、いろいろとお話を、お聞きしたい。私は、それを願っています」

「この猫の字のついた八人の家臣たちが、江戸や房総で、具体的にどんなことをやったのか、俺はそれが知りたいですね。どうしたら、それを知ることができるのでしょうか？　図書館のようなところに、行けば分かりますか？」

猫田が、住職に、きいた。

「残念ながら、この館山市の図書館に行っても、この猫の字がついた名の八人の、活躍を書いた文書のようなものは、何も、残っていませんよ。ただ、この猫姓の剣士たちをモデルにして、曲亭馬琴は『南総里見八犬伝』という百冊以上もの大長編小説を、書いているわけです。実に、二十八年間にわたって、延々と書き続けて、最後のほうになると、馬琴は失明してしまい、口述筆記で完成させたといわれています。それくらいですから、小説を書くために曲亭馬琴のメモのようなものがあったと思うのです。特に、曲亭馬琴は、この猫たちというか、猫の字のついた家臣たちのことを、よく調べて、八犬士に書き換えたわけですから、その詳しいメモが、どこかに残っているはずなのです。私は今、それを、一生懸命探しているところなのですが、一人では、とても、探すことができません。できれば、今日いらっしゃったのも何かの縁ですから、皆さん方にも、ぜひ手伝っていただきたい」

と、住職が、いった。

「今、ご住職がいわれた、曲亭馬琴のメモというのは、実在するんでしょうか？」

と、小笠原が、きく。

「もちろん、確実に存在したと断定することはできません。証拠が何もありませんからね。しかし、曲亭馬琴の書いた『南総里見八犬伝』というのは、全部で、九十八巻、百六冊もあります。その上、二十八年間という長い年月をかけて完成させたわけです。そのくらいの大長編なんですから、メモを取りながら書くことになるんです。だからメモが残っていなければおかしいんですよ。それに、モデルは、実在した猫娃の家臣たちですから、彼等についてのメモを取っていたことも間違いないと思うのです。特に馬琴は、最後のほうは失明してしまっていますから、口述筆記をするには、どうしても聞きとる側にメモが必要になります。いろいろと考えていくと、私は、必ず『南総里見八犬伝』のメモが、どこかに実在すると確信しているのです。この館山市内のどこかにあるのか、あるいは、この周辺にいる誰かが持っていると思っていいます。ただ、持ち主は、それがそんなに大事なものだとは知らずに、持っていることも考えられます。とすれば、何とかそのメモを見つけ出して発表すれば、日本の歴史に、貢献できるのではないかと、ひそかに思っているのです」

住職は、強い口調で、三人に向かって、いった。

第二章　陸軍鉄道連隊

1

小笠原実《おがさわらみのる》は、いったん東京《とうきょう》に帰るという。

しかし、猫田京介《ねこたきょうすけ》は、しばらくこのまま、館山《たてやま》にいて、いろいろと知りたい気持ちになっていた。里見《さとみ》家のことや、自分の、先祖について興味を覚え始めていたからだ。

猫田京介と一緒にいる小笠原実と、香里《かおり》こと猫柳《ねこやなぎ》あかねの二人のうち、小笠原は館山に居城のあった里見家のことや、馬琴《ばきん》の書いた「南総里見八犬伝《なんそうさとみはっけんでん》」のこと。さらには、里見家に仕えていた猫という字が名字に含まれる一族についてなど、前々からいろいろと知っているようだが、猫田京介は、突然、それを知らされたのである。だから、しばらくの間は、一人で館山に残って、自分の先祖のことや自分に関係のあることなどもっと知りたいという気持ちになっても当然だろう。

今までの猫田京介は、生きがいというものを持ったことが、一度もなく、何となく、その日その日を、だらだらと無為に過ごしてきた。それがここに来て、

（ひょっとすると、生きがいなるものが、この館山で見つかるかも知れない）

と、思うようになったのである。

館山に残るという猫田京介を、香里が、車で海に近いリゾートホテルまで、送ってくれることになった。

小笠原とは館山の駅で別れ、猫田は、香里とリゾートホテルに向かった。

「君と、あの小笠原実という男とは、いったい、どんな関係なんだ？　もしかすると、恋人同士なのか？」

猫田が、車の中で、きいた。

香里は、そんな猫田の質問には、すぐには答えず、

「私は、今日の今日まで、何も知らずに生きてきたわ」

と、いう。

「へえ。見たところ、いい生活をしているじゃないか。着ているものも、持っている

ハンドバッグ、それに今乗っている、このジャガーという車だって、一目で高いものだと分かる。それも全て君のものなんじゃないのか？」

「それはそうなんだけど、この車や、ブランド物のバッグなんか、あまり意味はないわ。お金さえ出せば、誰だって手に入るんだから。それより問題は、生きがいじゃないのかしら？　私は生んでくれた両親について、ほとんど、何も知らないし、子供の頃は、本当に貧しかった。大人になってからは、とにかく誰よりも贅沢《ぜいたく》をしたかった。だから、十八歳の時から、自分が水商売に向いているかどうかも分からずに、この世界に入って、とにかく、がむしゃらに働いたわ。そしたら、人気が出て、お金も入るようになった。だから、東京にマンションを買って住むようにもなったし、この車だって買ったわ。ただ両親は早くに亡くなってたし、自分の名前が、猫柳あかねというのが、気になっていたの。だから自分の名前の由来を、知りたかった。それが突然、小笠原さんという人が、私が働いている店にやって来て、あなたの先祖は『南総里見八犬伝』で有名な千葉《ちば》の里見家の侍だった。そんなことをいわれたんで、それで、この館山の町に一人で来てみたり、『南総里見八犬伝』の芝居を、歌舞伎座に観に行ったりしたんだけど、よく分からなかった。そうしたら、小笠原さんが、君と同じように、自分の名前の由来が分からなくて、それを、知りたがっている男がいる。

その男を紹介するから、館山の駅で待っていろと、そういわれて、あなたを、紹介されたのよ」

「それで、今日、里見家の、菩提寺《ぼだいじ》に行ったというわけか？」

と、猫田がきく。

「そういうこと。だから、私と、小笠原さんとは、特に、親しいとか、昔からよく知っているとか、そういう間柄じゃないわ。それより、あなたは、小笠原さんとどういう関係なの？」

と、今度は逆に、香里が、きいた。

「俺も、君とほとんど同じだよ。親に捨てられて、子供の頃のことは、よく分からないし、覚えていない。とにかく、貧しかったことだけは、間違いない。ただ猫田という名前が奇妙な名前だから、どこかで、名前の由来を、知りたいとは、思っていた。もう一つ、なぜか今まで自分の人生がうまく行かなくて、毎日のように、他人とケンカばかりしていた。あの小笠原という男とだって、警察の留置場で、初めて知り合ったんだ。俺が人を殴って、入れられたら、あの男が、そこに、いたんだよ。その上突然、猫田という君の名前の由来を教えてあげたい。そういわれて、東京駅から、内房《うちぼう》線の特急に乗って、この館山にやって来たというわけだ」

「その点は、私と、よく似ているわ。というより、そっくりね」

と、香里が、笑った。

「少しは似ているけど、君とは全く逆だ。君は、今まで贅沢な生活を、送ってきたんだろう？　俺は、その点は君とは全く逆だ。今もいったように、とにかく金がなくて、生きがいが見つからなくて、いつもイライラしてさ。酒を飲んでは、ケンカばかりしていたんだ。ただ、この館山に来てみて、ひょっとすると、生きがいが、見つかるかもしれないと思うようになったんだ。だから、あの小笠原という男についても、何も知らないんだ。今もいったように、突然、留置場で向こうのほうから話しかけてきた。それだけだ。だから、彼が、いったい、何を考えているのか、何をやろうとしているのかも、分からないし、俺を利用しようとしているのかもしれない。俺は君と違って金もないし、今まで、ケンカをやっちゃあ失敗ばかりしていた。それも、人にはいえないような情けないケンカばかりでね」

と、猫田が、いった時、車が、リゾートホテルの駐車場に、着いた。

どこにでもある典型的な、リゾートホテルである。海に面した、やたらに大きなホテルで、駐車場には自家用車のほかに、観光バスが数台停まっていた。

その駐車場に車を停めてから、

「お金がなくて大丈夫なの？」

と、香里が、きいた。

「まあ、二、三日は何とかなる」

と、猫田が、答えた。

「もし、何か困ったことがあったら、店に電話して」

香里は、猫田に名刺を差し出した。

そこには「六本木《ろっぽんぎ》　クラブ子猫」と書いてあった。

「ああ、頼むよ」

猫田は、そういって、フロントへ、歩いていった。

予約しておいたので、広々とした海と、それから町の方向の両方が見える角部屋に案内された。

下におりると、広いロビーには、浴衣姿の団体客が、ぞろぞろと歩いている。老人も多いし、子供も多い。おそらく夏休みになれば、団体客でもっと、混むのだろう。

フロントの片隅には、館山やその周辺の観光案内のパンフレットが、いくつも置かれてあったので、それを全種類持って、猫田は、自分の部屋に戻り、一つ一つ、ゆっくりと見ていった。館山に来たのは初めてだったから、型にはまったパンフレットでも、猫田には、結構、面白く感じられた。

さっき行ったロビーには、「里見八犬伝を大河ドラマに！」と書かれたのぼりが何本も立っていた。

猫田にしてみれば、今まで「南総里見八犬伝」は、単なる架空の物語に、すぎなかった。

それが突然、館山に来て、身近な存在になった。おそらく、館山の人たちにとって「南総里見八犬伝」というのは、面白くて、歴史を感じさせるのだろう。

海側の窓を開けると、突然、ヘリコプターの音が聞こえてきた。パンフレットによれば、このホテルの近くに、海上自衛隊の基地があるというから、多分、その海上自衛隊のヘリコプターだろう。

パンフレットによれば、戦争中も東京湾を守るために、この近くの海岸には、大砲を設置するための砲台がいくつも造られたという。

そうした歴史についても、猫田は、これまで関心がなかったし興味もなかった。

近くの城山《しろやま》公園や、里見家の文書などが、展示されている博物館に行くバスが、昼すぎにホテルの前から出ているというので、猫田は、それに、乗ることにした。

ウイークデイだが、城山公園や博物館は、なかなか人気があるらしく、バスは、ほぼ満員だった。

ホテルから十五分ほど走ったところに小高い山があり、その上のほうが公園になっていて、館山城の天守閣が、造られていた。もちろん、戦後にコンクリートで造った、いわばニセモノの天守閣である。こちらのほうには、主として「里見八犬伝」の舞台の写真や、ＮＨＫで放映された人形劇の写真が飾られ、あるいは、その芝居や人形劇のセリフなどがボタンを押すと流れるような仕組みの機械が置かれていた。

そこから下ったところにある博物館本館には、演劇としての「里見八犬伝」ではなくて、実在した里見家の資料や文書などが、展示されていた。

その両方を見ていると、猫田は、次第に不思議な気分に、なっていった。

南房総、別のいい方では、安房《あわ》の国である。そこに、九万石の大名である里見家があった。豊臣秀吉《とよとみひでよし》から九万石の所領を与えられ、しばらくの間、里見家が南房総、今の千葉県南部を、支配していたことは、歴史的な事実らしい。

その一方で、里見家の興亡を、江戸時代に、馬琴が書いて、それが一つの、巨大な物語になっている。それが「南総里見八犬伝」である。

「南総里見八犬伝」は、あくまでも、フィクションなのだ。

ところが、両方の施設に、展示してある資料を見ていると、それが猫田の頭の中で入り混じって、どこまでが、曲亭馬琴《きよくてい》の創作した話で、どこまでが、本当の話なのか、分からなくなってくる。

もう一つ、猫田がおかしいと思ったこともあった。里見家には家を継ぐ男子がいなかったので、自然に衰退して、滅亡したということに、なっている点だった。

しかし、この歴史が、何となくおかしいと感じてしまう。男の子が生まれなかったとしても、どこからか養子をもらえばいいのである。当時、そうして、生き延びた家は多かったはずである。

それなのに、里見家の歴史を書いた本を見ると、最後はたった一行、

「嫡子なく、里見家滅亡」

とだけ、書いてあるのだ。

里見家は、もともと豊臣秀吉から九万石を与えられて、大名になったわけだから、秀吉が死に、徳川《とくがわ》家の時代になると、外様大名として、おそらくマークされていたに違いない。だから、徳川家によって、理屈をつけられて滅ぼされたという可能性だって、全く否定できないのではないか。

本当の里見家の歴史を知っていた馬琴が、徳川家によって、滅ぼされた里見家に対する哀悼の意を込めて「南総里見八犬伝」を書いたのではないのか？

かくして、今まで戦国時代から江戸時代にかけての歴史など、全く、無関心だった猫田は、急に、歴史に関心を持つようになっていった。

夕方六時近くなって、バスでホテルに帰ると、夕食も、リゾートホテルらしくバイキング形式だった。

夕食を取り、温泉に入ってから、自分の部屋に戻ると、今日一日あちこち歩き回ったせいか、急に疲れが出て、猫田は、あっさり眠ってしまった。

目が覚めたのは、夜半である。

海とは、反対側のカーテンを開けると、キラキラと光る町の明かりが見えた。

(館山というのは、結構大きな町なんだな)

と、猫田は、思った。

今日、城山公園の、天守閣や博物館を見て、館山というのは、里見家の城下町という感想を持ったのだが、どうやら昭和三十年までに、近くの町村を合併して、今の館山市が、できたらしい。

それでも館山市の明かりは、東京に比べれば、はるかに少なくて、ところどころに、暗いところがあった。館山市全体は、まだ、自然の多い田舎の町なのだ。

猫田が、そんなことを、考えていると、突然、暗がりから、強烈な明かりが差し込んできた。その、まばゆいばかりの明かりは、かなりの速さで、こちらに向かって、動いてくる。

（いったい、何だろう？）

と、思いながら、猫田が目を凝《こ》らすと、何か、黒い塊《かたまり》のようなものが、鋭い光を放ちながら、猛スピードで、こちらに向かって走っている。

（何かの、祭りなんだろうか）

猫田は、一瞬、そう思ったが、祭りの囃子《はやし》の音も聞こえてこないし、太鼓の音も聞こえない。

館山市の町全体は夜になると、ひっそりとして、静かである。東京のような大都会に比べると、はるかに、暗い。その暗さを引き裂くように、何か黒い獣が、強烈な光を放ちながら、こちらに向かって、走ってくるのだ。

しかし、こちらのリゾートホテルは、ひっそりとしていて、人々はすでに眠ってしまっているから、この光の走るのに気がついている人間は、猫田以外には、誰もいないだろう。

猫田は、黒い塊が、目の前に近づいて初めて、蒸気機関車であることが、分かった。

現代のSL（蒸気機関車）に比べると、はるかに、小さいものだった。

猫田が呆気《あつけ》にとられて、見とれていると、目の前の大きな駐車場の一角をかすめるようにして、その蒸気機関車は、どこかに走り去ってしまった。

猫田は、夢でも見ている気がしてきた。駐車場にも、館山の町にも、レールなどは敷かれてはいない。

それなのに、なぜ、あの黒い塊である古めかしい蒸気機関車は、強烈なライトをつけながら、猫田の目の前を走り去っていったのだろうか？

レールがないのに、蒸気機関車が、走れるわけがない。

とにかく町にレールが敷かれてはいない。目の前の大きな駐車場、今日歩いてきた館山の町には、どこにも、レールがなかった。それなのに、なぜ、あの古めかしい蒸気機関車は、彼の目の前を、走ることができたのだろうか？

音は、何も聞こえてこなかった。汽笛も聞こえていない。ただ、猫田に見えたのは、古めかしい、蒸気機関車と、その蒸気機関車がつけていた、強烈な明かりだけだった。

強烈なライトが、薄暗い駐車場を、切り裂いて、あっという間に、どこかに、走り去っていったのである。

猫田は、昼間見ていたパンフレットに飛びついた。パンフレットに同じ形をした、蒸気機関車の写真が載っていたのを思い出したからである。

探していたパンフレットは、すぐ見つかった。それに、確かに載っていた。

戦時中、千葉県に日本陸軍の鉄道連隊があって、そこでは連日、兵士たちがトンネルを掘り、レールを並べ、普通のＳＬに比べると、二分の一ぐらいの大きさしかない蒸気機関車を走らせる、訓練をしていた。津田沼《つだぬま》の公園の中に、その時に使われていた黒い塊のような、蒸気機関車が置かれていると、パンフレットにあった。

戦時中には、館山にも、東京湾を防衛する陸軍の基地が、あったというから、ここにも、陸軍の鉄道連隊がいたのかもしれない。

戦争が終わって、すでに、七十年が経過している。その時に鉄道連隊が使っていた小さな蒸気機関車が、深夜に、館山の町を、走り回ったとは、猫田には、とても思えなかった。

しかし、たった今、自分が見たあの光景は、絶対に、夢などではない。はっきり目の前で起きた現実なのだと、猫田は、自分に、いい聞かせた。

夜が明けて、朝の八時すぎに、猫田は食堂に降りていった。団体客が一斉に、朝食を取っているから、食堂は、賑やかである。

朝食を済ませた団体客の一行は、バスに乗って、太平洋側の勝浦《かつうら》や、鴨川《かもがわ》シーワールドを見るために、次々と出発していく。

猫田は一人で、食事をしながら、団体客のお喋《しゃべ》りに耳をそばだてていた。

あの深夜の、蒸気機関車の疾走を、もしかしたら、猫田以外にも、見ていた人がいるかもしれない。いたら、その話を仲間同士で、お喋りするだろう。

そう思って、聞き耳を立てたのだが、いくら耳を澄ませても、そんな話は、一向に聞こえて来ない。誰もが、今日のスケジュールについて、楽しそうに話しているだけで、深夜に見た夢のような、あるいは、悪夢のようなといってもいいのか、あの一瞬の光景のことを、話しているような声は、どこからも聞こえてこなかった。

昨夜の、あの蒸気機関車の疾走を目撃したのは、自分一人なのか？　それとも、あれは、夢だったのか？

朝食を済ませて、猫田は、部屋に戻ったものの、落ち着けなかった。

パンフレットを見ると、問題の蒸気機関車は、津田沼の公園に、飾られているという。猫田は、どうしてもその公園に行って、その蒸気機関車を、自分の眼で見てみたくなった。

外出の支度をすると、猫田は、パンフレットを持ち、フロントに行った。

「この公園に行きたいのだが、どう行ったらいいのか教えて下さい」

というと、相手は、パンフレットを見ながら、

「館山駅から、内房線に乗って千葉駅へ行き、総武線快速に乗り換えて津田沼駅で降りてください。そうすれば、公園まで、歩いていけますよ」

と、教えてくれた。

その後で、猫田は、努めて明るく、

「ききたいんだが、昨日の深夜、駐車場を蒸気機関車が走っていた気がしたんだが、誰か、気がつかなかったですか？」

「えっ」

と、短くいってから、フロント係は、キョトンとした顔になっている。それから笑い出した。

「駐車場を蒸気機関車が走っていたんですか？」

と、きく。

「ああ、そうだ。しかし、もしかしたら、夢を見ていたのかもしれない」

猫田が、いうと、フロント係は、また笑った。

「お客様、それは、夢に決まっていますよ。駐車場にはレールがありませんから、蒸気機関車が、走れるはずがありません」

と、いった。まるで、子供をあやすようないい方だった。

2

猫田は、館山駅まで行き、そこから、フロント係に教えてもらったように津田沼に向かった。

津田沼駅で降りる。

たしかに地図を見ると、駅から歩いて数分のところに、公園があった。

猫田は、その公園まで、歩いていくことにした。まあまあ大きな公園である。

しかし、そこに、人の姿は、全くなかった。地元の人の姿もないし、観光客の姿もない。まるで忘れられてしまったかのような公園だった。

千葉県に来る観光客は、公園などには、何の関心も持たないのだろう。多分列車かバスを使って、海を見に行ってしまっているのだ。

地元の人たちにしても、東京に比べれば、千葉は、はるかに自然が多いところだ。何も公園にまで行って、ブランコに乗ったり、小鳥を見たりする必要などない筈である。

公園の隅に、その小さな蒸気機関車が置かれていた。鉄柵で囲まれた場所である。おまけに錠がおりていた。まるで鉄柵で閉じ込められているかのように感じられる小さな蒸気機関車だった。

横に、説明を記した案内板が立っていた。

「戦時中、陸軍鉄道連隊が使用していた蒸気機関車、正式な名称は、K２形蒸気機関車である」

それだけしかなかった。

よく見ると、車体のところどころに、錆《さ》びが出ている。管理状態は、決していいとは思えなかった。

鉄柵の周りを、回りながら、猫田は、目の前の蒸気機関車が、最近走った形跡があるかどうかを見ていった。

どこにも、それらしい形跡はない。だからといって、壊れているわけでもなかった。錆びは出ているが、今でも十分走れそうな感じだった。

「あれ？」

蒸気機関車の運転席に、一匹の猫を発見して、猫田の目が、大きくなった。黒猫である。

黒猫の体と、蒸気機関車の黒っぽい車体とが溶け合っていたので、気がつかなかったのである。

五、六歳に見える猫である。じっと猫田のほうを、窺っている。

この黒猫は、蒸気機関車の運転席に、住みついているような気がした。

3

猫田は公園を出ると、近くにある喫茶店に入った。

この店も、閑散としていて、客は一人もいない。カウンターの向こうで、オーナーらしい老人が退屈そうな顔で、新聞を読んでいた。

「ここ、いいですか？」

といって、猫田は、カウンターに腰を下ろすと、コーヒーを注文してから、その老人に話しかけた。

「戦時中、この辺りに陸軍の鉄道連隊があったそうですね？」

「ああ、あったよ。千葉の町と、この津田沼のそれぞれに、陸軍の鉄道第一連隊と第二連隊があって、うちのオヤジは、鉄道第二連隊のほうに、いたんだ。それにしても、お客さん、若いのに、よくそんなことを知っているね」

と、オーナーが、いう。

「戦時中のことに、ちょっと関心があるんです。ところで、そのお父さんは？」

と、猫田が、いうと、

「まだ元気にしてるよ。今年でいくつになるんだったっけかな？　たしか八十七歳、いや、八十八歳じゃなかったかな？　さすがに、かなり、耄碌《もうろく》してきたが、それでもまだ元気で、杖をついて、毎日、歩き回ってるよ」

と、オーナーが、笑った。

オーナーは、暇を持て余していたのか、猫田の話に付き合い、しばらくすると、

「お客さんに、見せたいものがある。ちょっと待ってくれ」

といって、奥から、古い写真が貼ってあるアルバムを、持ち出してきて、それを、

猫田に見せてくれた。

その中には、この周辺で、やっていたという鉄道第一連隊と第二連隊の訓練の模様を撮った写真もあった。黄ばんだ写真である。

戦時中は、この近くに、広い訓練場があって、そこで丸太を使って橋をかけ、その上にレールを敷く訓練をしているところとか、例の、K2形蒸気機関車の写真などが、たくさん貼られてあった。

「この鉄道第二連隊に、うちのオヤジもいたんだ」

と、オーナーが、いった。

店の二階が住居になっていて、まだ、その父親は寝ているはずだといって、オーナーはまた笑った。

「さっき、この近くの公園で、小さな古い蒸気機関車を、見ました。あれって、戦争中、陸軍の鉄道連隊が使っていた機関車ですよね？」

「ああ、そうだが、あんな鉄柵で囲っていたら、子供たちが、運転席に座ったりして遊べない。もうちょっと、オープンにして誰でも自由に触れるようにしたほうがいい筈だ」

と、オーナーが、いった。

「そういえば、運転席に猫がいましたよ」

猫田は、黒猫の話をした。

「ああ、あの黒猫ね。この近所では、かなり有名な、猫なんだ。あの機関車に住んでいるらしい」

と、オーナーは、いった後で、

「ところで、お客さんは、どこから来たんだね？」

「東京から、館山を見物に行ったんです。館山は『里見八犬伝』の舞台ですからね。前から一度来てみたかったんです」

「たしか、千葉の公園にも、蒸気機関車が置いてあるはずなんだが」

と、オーナーが、いった。

猫田は、昨日の夜の光景を、相手に話してみる気になった。

リゾートホテルに泊まって、夜中に、ふと目が覚めて、カーテンを開けてみたら、あの蒸気機関車が、走っているのを見たといえば、たぶん相手は、笑うだろうと思った。

しかし、オーナーは、笑わなかった。笑わない代わりに、変に熱心な目になって、猫田を見つめた。

のかね？」
「お客さんは、昨日の夜中、本当に、あれと同じ蒸気機関車が、走っているのを見たのかね？」

と、きく。

「ええ、見たと思っているんです。ひょっとすると、夢かもしれませんが」

と、猫田が、いった。

「実はね」

と、急に、オーナーは、声を潜めて、

「俺のオヤジだけどね、時々、杖をついて、夜中にこの町を、いわゆる、徘徊するんだ。そのオヤジが今朝、変に興奮しているんで、どうしたんだときいたら、この町の中を、蒸気機関車が走っているのを見たというんだよ」

「本当ですか？」

と、猫田が、きいた。

「いや、絶対に、本当のはずがないんだよ。だって、そうだろう？　この町の中には、どこにもレールなんて、敷いてないし、あの公園に飾ってある機関車は、鉄柵で囲まれていて、いつもカギが、かけられていて、簡単には、中に入ることができないんだ。だから、機関車が、走るわけがないじゃないかと、俺は、オヤジに、いったんだけど、オヤジは頑として、走るのを見たといってきかないんだ。たしかに杖をついて、夜中に、町の中を歩いたりするんだが、今もいったように、レールがないし、ほかに誰も、夜中にそんなものを見たという人が、いないんだ」

「どんな光景を見たのか、詳しく教えてくれませんか？」

と、猫田が、いった。

「詳しくといったって、うちのオヤジは、かなり、耄碌しているからね。どこまで、信用できるかは分からないよ。そのオヤジがいうには、何でも、蒸気機関車が、ものすごいスピードで、町の中を走り回っていたというんだ。煌々《こうこう》と、明かりをつけてね。前照灯というのかな、まるで光が走っているように見えた。オヤジは興奮して、そんなことをいっているよ」

「この辺一帯に戦時中、鉄道第一連隊と第二連隊があったと、さっき、いわれましたよね？　今、その敷地は、どうなっているんですか？」

「いくつかあるんだが、その一部は公園として一般に開放されている。千葉の方には鉄道連隊が訓練で造ったというトンネルの一部や、コンクリートで造った橋脚も飾ってあるよ」

「しかし、その鉄道連隊の蒸気機関車は、この近くの公園に、飾ってありますね？」

「鉄柵で囲まれていて、いつもカギがかかっているからね。あんな鉄柵なんかで囲わなくて、子供が自由に手で触れるようにしたほうがいいんだよ」

と、オーナーは、同じことを繰り返した。

その時、二階から何やら音がして、パジャマ姿の老人が、カウンターの中に、降りてきた。

どうやら、この老人が、オーナーのいう八十八歳になる父親らしい。たしかに、八十歳を超えている年の割には元気で、急な階段をよろけもせずに、降りてくると、カウンターの中の水道で、顔を洗い出した。

その後で、父親は、

「ちょっと出かけてくる」

と、いう。

「父さん、どこに行っても構わないけど、パジャマ姿では困りますよ。ちゃんと着替えてから、散歩に行ってくださいよ」

その後、オーナーが、

「父さん、このお客さんは、館山から、来たんだけど、昨日の深夜、館山のリゾートホテルに、泊まっていたら、蒸気機関車が、走り回るのを見たと、いってるんですよ」

と、いうと、父親は、急に目を光らせて、

「あんたも、あの蒸気機関車を見たのか。そうだろう。だから、何回もいったじゃないか。私も、この町で、昨日の深夜、蒸気機関車が、走り回っているのを見たといったんだ。そうか、やっぱり、走ったんだな」

父親が、嬉しそうに、いった。

しかし、息子の方は、困ったなというように、肩をすくめただけだった。

代わりに、猫田が、

「お父さんは、本当に、この町で、昨日の深夜、蒸気機関車が、走り回るのを、ご覧になったんですか？」

と、きいた。

「ああ、見たとも。ものすごい勢いで、走っておったぞ。どうして私のいうことを誰も、信じてくれないんだ。第一、息子も全く、信用してくれない。悲しいよ」

と、老人が、いった。

「私も見たんですよ。蒸気機関車が、走り回っているのを」

と、猫田が、いった。

「館山のホテルで見たといったな？」

「ええ、そうです。昨日館山のリゾートホテルに、泊まっていたんですが、ふと夜中に目が覚めて、何気なく窓の外を見たら、暗がりの中を、猛烈な勢いで、真っ黒い塊が走っていたんです。前照灯を、煌々とつけてですよ。目を凝らしたら、それは、蒸気機関車でした。しかし、今朝、ホテルのフロント係にその話をしても、信用してくれませんでした。どこにもレールが敷かれていないし、走るはずがないというんです。でも、私は、蒸気機関車が、走るのを、ちゃんと見たんです。本当です」

と、猫田が、繰り返していうと、八十八歳の老人は、いきなり、猫田に、握手を求めてきた。シワだらけの老人の手だが、ごつごつとした大きな手である。

「ありがたいことだ。私の話が、ウソではないことを証明してくれる人がいて、嬉《うれ》しいよ」

「お父さんは、戦時中、この近くにあった陸軍の鉄道連隊に、いらっしゃったそうですね？」

と、猫田が、きいた。

「ああ、いたよ。当時は、まだ新兵だったがね。毎日、厳しい訓練を、やらされていたよ。戦争が、もっと続いていたら、たぶん、アジアのどこかの国で鉄道を建設していたはずだ。その前に戦争が終わってしまった」

少しばかり自慢そうな顔で、八十八歳が、いった。

そして、老人は、今から、昨日の深夜に、蒸気機関車が走り回った証拠を探しに行くという。猫田は、同行することにした。

ジャンパー姿になり、杖を持った八十八歳の老人と一緒に猫田は、千葉の公園へ向かった。

千葉の町も静かである。杖をついてはいるが、老人は、確かな足取りで、公園まで、歩いていった。

公園は、誰でも、自由に入れるようになっていたが、そこにも、人の姿はなかった。

そこには、戦争中、陸軍鉄道連隊が、訓練のために造ったというトンネルもあった。

といっても、長さは、せいぜい五、六メートルぐらいのもので、トンネルの入り口だけが、造られているのだった。

ほかには、コンクリートで造った橋の一部もあり、その向こうに、問題の蒸気機関車が、飾られていた。

「昨日の深夜、お父さんが、ご覧になったというのは、こんな蒸気機関車で、間違いありませんか？」

と、猫田が、きいた。

「ああ、そうだ。私が新兵で、鉄道連隊にいた頃は、この辺一帯は、全て訓練用の敷地になっていた。その中に、あの蒸気機関車と、同じようなものが、三両から五両くらい、いつも、走っておった。トンネルだって、私たちが造ったものだよ。コンクリートが不足していた頃だったからね、一部分は、レンガで造ってあるんだ」

相変わらず、八十八歳の老人が、自慢げだ。

たしかに、トンネルの一部には、老人の話を、裏付けるように、戦争中の陸軍鉄道連隊のマークが、入っていた。

猫田は、トンネルより、その奥に飾られている蒸気機関車のほうが、気になった。

こちらは、津田沼の公園で見たのと違って、鉄柵では囲まれていないから、誰でも自由に、触れることが出来る。

「この蒸気機関車は、実際に、走るんでしょうか？」

と、猫田が、老人に、きいた。

「それは、走らせてみなければ、分からん。きちんと、整備をすれば、間違いなく走るはずなんだ。部品が、全部そろっているんだからな」

と、老人が、いった。

「もう一度おききしますが、本当に、この蒸気機関車が、昨夜、町の中を、走っているのを見たんですね？」

と、猫田は、念を押した。

「ああ、間違いなく、走っておった。これでも目も耳も、それほど悪くなってはおらん。あんたの声だって、ちゃんと聞こえているし、この蒸気機関車だって、しっかり、見ることができる。間違いなく、蒸気機関車が走っておったよ」

「しかし、町中にレールは敷いてないでしょう？」

「ああ、レールはない。それでも、走っていたんだ。間違いない。何しろ、この目で、しっかり見たんだからな」

老人は、頑固に、同じことを繰り返した。

「昨日の深夜ですが、蒸気機関車は、どんな音を立てて、走っていたんですか？　汽笛を鳴らしていましたか？」

猫田が続けてきいた。

途端に、八十八歳の老人は、

「うーん」

と唸《うな》り、

「そういわれてみれば、汽笛は、聞こえなかったな。もしかしたら、私の耳が、悪くなったのかもしれん」

急に弱気になった。

猫田は、昨夜、自分が見た光景を、もう一度、思い出した。

強烈な明かり、そして、迫力満点の黒い塊、しかし、音は、何も、聞こえなかった。それに、汽笛もである。

それでも、猫田は、そのことは、相手にはいわず、

「よければ、戦争中の話を、していただけませんか？」

「ああ、いいだろう。しかし長話になるぞ。それでもいいか？」

「ええ、もちろん、構いませんよ」

猫田が、いった。

そこで、二人は、津田沼にある、元の喫茶店に戻った。依然として、客の姿はない。

店の隅のテーブルに腰を下ろすと、八十八歳の老人は、甘いものが食べたくなった

といって、この店の、自慢だという、みつ豆を注文し、猫田は、コーヒーをもう一杯、頼んだ。

「戦争中、この千葉県は、帝都東京を守る大事な、防衛線だったんだよ」

八十八歳の老人が、落ち着いた声で、話し始めた。

おそらく、戦後になってから、いろいろな人に、何回となく、同じことを、話しているに違いなかった。

老人は、息子に、千葉県の地図を持ってこさせ、それをテーブルの上に、広げてから、

「この地図のように、東京湾側には、東京を守るための砲台が、いくつも、造られていたんだ。それから、海軍は、東京湾の入り口を、守っていた。ほかには、本土決戦になれば、アメリカ軍は、おそらく、九十九里浜《くじゆうくりはま》から上陸してくるだろうと、考えて、ここから九十九里浜まで、レールを敷いて、そのレールを使って、大砲や機関銃を、九十九里浜に造った洞窟の中に、運び込むことになっていたんだ」

たしかに、それらしい写真もあった。

猫田も、一冊か二冊、戦争の話を書いた本を読んでいる。

それによれば、アメリカ軍は、最後に千葉県の九十九里浜や神奈川《かながわ》県の相模《さがみ》湾に、

上陸して、そこから東京に侵攻する計画を立てていた。日本軍の方も、それを予期して、その二ヵ所の防衛に当たろうとしていた。

「だから、この近くにも、私たち陸軍鉄道連隊は、レールを敷いたり、大砲を据えつけるための砲台を、コンクリートで造っていたんだ」

「九十九里浜にですか？」

「そうだ。アメリカ軍は、東京湾には、直接、上陸してこないだろう。何しろ、入り口が、狭いからね。その代わり、九十九里浜には、絶対に、上陸してくると考えたんだ。九十九里浜に、大砲を据えつける砲台を造ったり、鉄道のレールを敷いて、その大砲を、運ぶ計画を立てたりしていたんだ。だから、今でも九十九里浜に行くと、いやでも、当時のことを思い出すよ」

そんな老人の昔話を聞きながら、その守備計画に、猫田一族は、どんなふうに、絡んでいたのだろうか？　陸軍鉄道連隊にも、猫田という名前の兵士が、いたんだろうか？

猫田は、そんなことを、考え始めていた。

第三章　九十九里浜上陸説

1

「どうだ、私の家に来ないか？　面白いものを、見せてやるぞ」

と、老人は、小田島《おだじま》と名乗ってからいった。

「あなたの家って、この喫茶店の二階じゃないんですか？」

と、猫田《ねこた》が、きくと、老人は、笑った。

「ここは、たまに、来る家だよ。私の家は別のところに、ちゃんとあるんだ。そこに行こうといっているんだ」

「それなら、お邪魔しますよ。その面白いものをぜひお見せください」

と、猫田は、いった。

喫茶店から、ゆっくり歩いて、三十分ほどの山の中に、小田島の家があった。古風な、といえば、聞こえがいいが、近づいてみると、かなり古ぼけた、いわゆる、掘立小屋である。

「この家はな、私が自分で建てたんだ」

小田島が、自慢げに、いった。

「しかし、小田島さんは、八十八歳でしょう？」

「だから？」

「本当に、小田島さん一人で、建てたんですか？」

「ああ、そうだ。何から何まで、私が全部、自分一人でやったんだ」

話しながら、中に入ると、小田島が、電気を、つけた。

その瞬間、猫田が、あっと、小さな声を上げた。

二十畳ほどの、板の間に、かなりの数の、猫がいたのである。二匹や三匹ではない。

「今いるのは、全部で八匹だよ」

と、小田島が、いった。

「そんなにいるんですか」

「里見《さとみ》家には、猫姓の家臣が、八人いた。いずれも、忠臣だった。だから、私は、その忠臣たちをしのんで、八匹の猫を、飼ってるんだ。本当なのか、ウソなのか、よく分からんが、私が、信じている話がある」

「どんな話か、ぜひ、聞かせてください」

「里見家に、美しい奥方がいた。その奥方は、猫が好きで、そばに、いつも愛猫を置いていた。その時の、里見家の殿様は、奥方のことを、愛していたので、猫も可愛がっていた。ある夜、殿様と、奥方が就寝した後、その猫が、行灯《あんどん》を、蹴飛ばしてしまった。行灯の火が、障子や畳に、燃え広がって、あっという間に、城が焼け落ちてしまった。奥方は、自分が、可愛がっていた猫のせいで火事になり、大事な城が、焼け落ちてしまったことに責任を、感じていた。殿様は、そのうちに、猫に対して、腹を立てるようになった。猫を見ると追いかけて殺し、家臣の中の猫姓の八人に対しても、何かというと、辛く当たった。そんな話をもとに、馬琴は、『南総里見八犬伝《なんそうさとみはっけんでん》』を、書いたというんだ」

と、小田島が、いう。

「私は、別の話を、聞いていますが」

「滅びた大名の場合は、後になってから、いろいろな人が、話を作り上げる。悲劇の歴史をだ。『南総里見八犬伝』も、馬琴が作った、お伽話《とぎばなし》だからね」

「それにしても、一人で、八匹の猫を飼うなんて、大変でしょう？」

「ああ、大変だよ。今話した里見家の猫の話だが、それだけで、八匹もの猫を、飼ってるわけじゃないぞ」

小田島が、いう。

「ほかにも、理由があるんですか？」

「ああ、ある」

「どんな話か、聞かせてください」

「この千葉というか、安房《あわ》には、悲しい猫の話が、多いんだ」

「ぜひ、その話も教えてください」

「私が十代の頃、まだ、戦争が続いていたんだ」

「たしか、小田島さんは十代の頃、鉄道第二連隊という部隊に、所属されていたと聞きましたが」

猫田は、鉄道連隊が使っていた機関車とか、訓練で造ったトンネルなどを、思い出しながら、きいた。

「そうだ。私は、戦争中、鉄道第二連隊に、所属していた。当時の陸軍には、本土決戦のために、アメリカ軍が、上陸してくるであろう地点として、九十九里浜《くじゅうくりはま》説と、相模《さがみ》湾説が、あった。九十九里浜のほうは、太平洋に面していて、海岸線が六十キロメートルもあるから上陸しやすい。その点、相模湾のほうは、三浦《みうら》半島と、伊豆《いず》半島が防波堤の役目をしていて、海岸線が短いから一度に部隊を展開しにくい。そこで九十九里浜からアメリカ軍が、上陸してくるのではないかと、考えていた」

「それで結局、どっちの説が、採用されたんですか？」

「大本営や参謀本部は、九十九里浜説を、取った。そこで、九十九里浜の防衛を強化しようということになって、私たち、鉄道第二連隊も、鉄道第一連隊も、九十九里浜の防備を強くするために、駆り出されて、まず、大砲を据えつける砲台を、造ることからやらされた」

「それで、どんな、具合だったんですか？」

「もはや、どうしても本土決戦は、避けられない。大本営では、アメリカ軍が九十九里浜に、上陸してくると決めてから、連日のように、お偉方が、九十九里浜に視察にやって来るようになった。中には、立派な人もいたが、イヤなヤツもいた。大本営陸軍部、つまり陸軍の参謀本部のお偉方だが、その連中は、実戦の経験が、ほとんどないくせに、理屈だけは一人前の軍人の中の官僚だからね。実戦の経験がある将校から見たら、こんな、防衛陣地では、とても持たないと、思うのだが、参謀本部の連中は、自分たちの理屈を、平気で押しつけてくるんだ。それで、時には、ケンカになったが、彼等に逆らえば、危険な前線に、送り込まれてしまうから、私たち鉄道連隊の人間は、我慢して参謀本部のいうことを、聞いていた」

「それが、猫と、どんな関係があるんですか？」

「私がいた、鉄道第二連隊の連隊長は、とても優しい人でね。猫が大好きだった。だから、連隊長の部屋にはいつも猫がいて、可愛がっていた。兵隊の中に、犬好きはいるが、猫好きというのは、なかなかいないからね。もしかしたら、あの連隊長は、里見家の猫姓の家臣の子孫じゃないかと、私は、思っていたもんだ」

「それで、九十九里浜の、防衛線というのは、どんなふうに、造ったのですか？　その跡というのを、あまり、見かけないのですが」

「陸軍参謀本部は、とにかく、どんなことをしてでも、アメリカ軍を日本の本土には、絶対に上陸させるなという考えだったから、九十九里浜の、海岸線に沿って、大砲を据えつける台座を造れと、命令してきた。われわれは、石とコンクリートを、使って、海岸線に沿ってまず大砲の台座を造っていった。しかし、ウチの、連隊長は、反対だったよ」

「どうして、反対したんですか？」

「日本軍は、太平洋戦争のはじめに、太平洋上の多くの島々を、占領した。ところが、戦局が悪化してくると、アメリカ軍が、それらの島々を奪還するために、大挙して上陸してきた。その時に、参謀本部は、どんな戦法を使って島を守ったらいいのかを考えるんだが、それが、二転三転しているんだ。最初に考えたのは、水際作戦だ。上陸してくるアメリカ軍を水際で、迎え撃って、海に、追い落としてしまおうというわけだ。水際に、陣地を造って、そこでアメリカ軍の侵攻を防ぐことにしたんだ。ところが、制海権も制空権も、アメリカに握られてしまっていたから、アメリカ軍は上陸前に、水際に造られた日本軍の陣地に対して徹底的に爆撃と艦砲射撃を加えてきた。水際にあった防衛陣地は、たちまち破壊され、アメリカ軍を、迎え撃つ前に、そこを守っていた兵士たちは全員戦死してしまった。そこで、今度は、水際で迎え撃つことを止《や》めて、アメリカ軍を、上陸させ、島の中で、ゲリラ戦を行うことにした。それが、硫黄島《いおう》と沖縄《おきなわ》での、戦い方だった。簡単にアメリカ軍を上陸させ、それから、ゲリラ戦で戦うという作戦を取った。その結果、アメリカ軍に、硫黄島でも、沖縄でも大損害を与えた」

「それでは、本土決戦になった場合も、水際作戦ではなくて、アメリカ軍を、上陸させてから、戦えばよかったというわけですか？」

「上陸させてから、戦うといっても、今度は、島でなく本土だからね。第一、本土には、七千万人もの国民がいる。その国民が、逃げ廻るところで、アメリカ軍と戦うことが、できるだろうか？　そこでまた陸軍参謀本部は、水際作戦に戻したんだよ。だから、われわれ鉄道第二連隊も、鉄道第一連隊も、九十九里浜の水際に、陣地を造ることになった。今話したように、どんなに、強固な陣地を、造ったって、圧倒的な力を持つアメリカ軍の爆撃と、艦砲射撃を受けたらいっぺんに潰されてしまうことは、明らかだ。だからウチの連隊長は、反対した。そんな時参謀本部の連中が、やってきて、会合が開かれた。九十九里浜に、どんな防衛陣地を、造ったらいいのかを、決める会議だよ。参謀本部は、水際作戦を、進めたいから、九十九里浜の水際に防衛基地を造れといったが、それに対して、ウチの連隊長は、真っ向から、反対した。しかし、参謀本部は、自分たちの作った計画が、いちばんだと、思い込んでいるから、それを、われわれに強引に、押しつけてきた。何といっても、参謀本部の命令だからね。逆らうわけにはいかないので、九十九里浜の砂地に、石とコンクリートで、大砲の台座を造り、その上に、木で囲いや屋根を造った。ところが、いざ、大砲を据えつけようとした時に嵐がやってきて、あっという間に、せっかく造った台座が、砂に埋まってしまった。それで、参謀本部は、また迷ってしまった。ウチの連隊長は、もともと、土地の人間でね。だから、九十九里浜周辺のことに、ひじょうに詳しかった。連隊長は、参謀本部に進言した」

「どう進言したんですか？」

「連隊長は『九十九里浜は砂地ですから、陣地の構築には、適しません。私が調べたら東金《とうがね》まで、内陸に入っていくと、あの周辺の地盤は、頑丈な、岩石でできています。ですから、そこに洞穴陣地を造れば、上陸してくるアメリカ軍を、撃退することができるのではないかと、思います』と、進言したんだ」

「東金というと、東金線の、東金という駅がありますね。あの辺ですか？」

「駅の北から西にかけてだ。あの辺りの土地に、陣地を造れば、強固な、陣地が築けるはずなんだ。私は全く、知らなかったが、連隊長は、密かに、東金周辺の地質を、調べていたんだ。だから、そう、進言したんだよ」

「それなら、参謀本部のお偉方も、九十九里浜よりも、東金周辺に強固な陣地を造ったほうがいいという、連隊長の意見に、賛成したのではありませんか？」

猫田が、いうと、小田島は、大きな声で笑った揚句《あげく》に、

「君も若いなあ」

と、いう。

「違うんですか？」

と、猫田が、いった。

「ああ、違うんだよ。全く違う。特に軍隊というところは、いくら、正しいことをいったからといって、誉められたり、それが、通るところじゃないんだ。逆に、バカにされたと思って怒る人間さえいるんだ。特に、実戦の経験のない、机の上だけで、作戦を練っている参謀本部のお偉方というのは、プライドだけは、やたらに、高いからな。自分が、出した計画を否定され、連隊長に、バカにされたと思って、怒り出したんだ。お偉方は、こういったんだ。『せっかく造った陣地が砂に埋もれてしまったのは、お前たちの責任だ。風が吹いてきたら、全員で、海岸に行き、身をもって台座が、砂に埋もれるのを防げばいいんだ。今回の件は、どう考えても、お前たちの怠慢だ』と、そういって、私たち鉄道第二連隊の責任に、されてしまった。ウチの連隊長は、さっきもいったように、優しい人だったが、自分が正しいと思ったことは、絶対に曲げない人でもあった。だから、毎日五、六人の隊員だけを、連れて、東金の台地に行き、洞窟を掘っていたんだ」

2

「それから、どうなったんですか？」

と、猫田が、きいた。

「たしか、六月だったかな、阿南《あなみ》さんが、九十九里浜の防衛陣地の、視察に来たことがあった」

「阿南さんというと、終戦の時に、腹を切って死んだ陸軍大臣ですね？」

「ああ、そうだ。陸軍のトップ、陸軍大臣だよ。九十九里浜の防衛はどうなっているのか、阿南さんも、心配になったんだろうな。陸軍は、アメリカ軍は、九十九里浜に上陸してくると、考えていたからね。この日は、私たち、鉄道第二連隊も、阿南陸軍大臣の、視察に同行した。阿南さんは黙って、九十九里浜の防衛陣地を視察していたが、その後で、急に、怒り出したんだ」

「なぜ、怒ったんですか？」

「阿南さんが怒ったのも、無理はないんだ。われわれは、石とコンクリートで、九十九里浜に大砲の台座を、造ったが、肝心の大砲が一門も、備えつけられて、いなかったんだからな。当初の計画では、千葉のほうから、九十九里浜まで、われわれが、レールを敷いて、あの蒸気機関車を使って、大砲を運んでくることになっていたんだ」

「どうして、レールが敷いてなかったんですか？」

「当たり前だよ。参謀本部の指示で砂浜に台座を造ってしまったもんだから、強風が、吹いて砂に埋もれてしまった。そこで、もう一回、最初から、造り直していたから、レールを敷く余裕など、全くなかったんだ。阿南さんは、参謀本部の作った計画書を見て『どうして、レールを、敷いてないのか？　一門の大砲も、備えつけてないのか？　いったい、どうなってるんだ？』と、同行してきた、お偉方に対して、怒りを、ぶちまけたんだ。すると、参謀本部のお偉方は、どうしたと、思う？」

「分かりません」

「参謀本部のお偉方は、その責任を、全て私たち、鉄道第二連隊に、押しつけやがった。そうしておいてから、こういった。『計画では、すでにレールが敷かれ、大砲が、数十門、台座に、備えつけられてなくては、ならないのに、鉄道第二連隊の連中が、不満ばかりをいい、全力を尽くして工事を、やろうとしなかったので、この有様です。困ったものです』と、いって、参謀本部は、私たちのことを、非難し、全ての失敗を、私たちのせいにしたんだ」

「それに対して、連隊長は、抗議をしたんでしょう？」

「連隊長は、おそらく、阿南陸軍大臣の前だからと、思って、我慢していたんだろうな。何もいわずに、下を向いたまま、じっと、黙っていたよ」

「阿南さんは、どうしました？　連隊長を叱責しましたか？」

「いや、阿南さんは、連隊長を、怒るようなことはしなかった。『これからも、防衛陣地の構築に、全力を尽くすように』と、それだけいって、帰ってしまわれた。おそらく、阿南さんには、本当のことが、分かっていたんじゃないかと、思うね」

「それから、どうしたんですか？」

「その後がまた、大変だった。阿南さんに同行してきたのは、参謀本部の第一部長の中将だった。その中将は、『お前たちのせいで、わしは、阿南陸軍大臣の前で、恥をかかされた。面目を、失った。どうしてくれる？』と、いって、怒り出したんだ。そんな時、誰かが密告したんだな。『鉄道第二連隊の連隊長は戦争より子猫を可愛がっていますよ』と、いって、その子猫を持ってきて、参謀本部の何とか中将に、見せたんだ。何とか中将は、これで、怒る理由が、見つかったと思ったんだろう、なおさら、居丈高《いたけだか》になった。そして『猫を可愛がって、貴様は本土防衛を、怠っていた』

と、連隊長を、殴りつけ、子猫を蹴飛ばした。そんな中将に対して、連隊長付きの下士官が、連隊長のために、弁明した。連隊長が作った作戦計画について『本当にアメリカ軍を、撃退できるのは、こちらのほうです』と、いった。ところがそれがかえって中将の怒りを、煽《あお》ってしまったんだろうね。参謀本部に戻ると、ウチの連隊長に、五十人の中隊を率いて、沖縄行を命令しているんだ。必ず死ぬ戦線行だよ」

「しかし、沖縄は、アメリカ軍によってすでに、陥落していたのではありませんか？」

と、猫田が、いった。

「たしかに、全体としては、アメリカ軍に対する抗戦は終わってしまっていたが、沖縄の各地で、日本軍は、まだ、抵抗を続けていたんだ。そこで、応援部隊を、送るという名目で、役に立たない老兵ばかりを集めて、ウチの連隊長をその部隊の、隊長に任命して、ボロ船で、沖縄に行かせた。これは、明らかに、連隊長に対する懲罰だよ」

「それで、連隊長の部隊は、沖縄で、戦ったんですか？」

猫田が、きくと、小田島は、手を横に振りながら、小さく笑った。

「バカなことを、いいなさんな。制海権も制空権も、アメリカに握られているんだぞ。あの戦艦大和《やまと》だって、沖縄に向かって出発したのに、行き着けずに、アメリカの艦載機の猛攻撃を受けて、沈められてしまったんだ。ボロ船で送られた、五十人が、沖縄に、無事に着けるはずはないんだ」

「途中で、アメリカ軍の攻撃を、受けたんですね？」

「ああ、そうだ。南九州を出港した途端に、アメリカ軍の潜水艦に、見つかって、あっさり沈められてしまったよ。あの連隊長をはじめ、五十人の老兵たちは、今も、九州沖合いの海底に眠っている」

「猫のほうは、どうなったんですか？」

「何とか中将に、蹴飛ばされはしたがね、その後、連隊長の、忘れ形見だと思って、みんなで、可愛がった。この猫は戦後も生きて、その血を、受け継いだ子孫が、何十匹も生まれている。ここにいる八匹の猫の中にも、その猫の子孫が、いるんだ」

小田島が、いった。

「どれですか？」

「ああ、そこの、黒猫と、もう一匹、シャム猫に見える猫が、子孫だ」

と、小田島が、いう。

「八匹全部に、それぞれ、名前がついているんですか？」

と、猫田が、きいた。

「もちろん、ついている」

「どんな名前ですか？」

「里見家にいた猫姓の、家臣八人は、みんな忠臣でね。その名前を、つけているんだ」

小田島が、いった。

「連隊長の、猫の子孫だという、黒猫とシャム猫の名前を教えてくれませんか？」

「どうしてだ？」

「ひょっとすると、私に、関係があるかもしれないのです」

小田島は、疑わしそうに、猫田を見ていたが、

「一匹は、猫谷源蔵重盛《ねこやげんぞうしげもり》、もう一匹は、猫田作左衛門景平《さくざえもんかげひら》だ」

と、いった。

「驚きました」

「何を驚いているんだ？」

「私は、名前を、猫田京介《きようすけ》というんですが、今、小田島さんがいわれた猫田作左衛門景平の子孫かもしれないのです」

「ウソをつくなよ」

老人が、きつい目で睨んだ。

「ウソじゃありませんよ。私の名前は、本当に、猫田京介です。猫田作左衛門景平の子孫ですよ」

「本当なら、驚きだな」

と、八十八歳の老人が、いった。

「今、小田島さんがいわれた、連隊長ですが、その連隊長の子孫も、現在どこかで生きてるわけですね？」

「あの頃、連隊長には、すでに、子どもさんがいたからね。子孫が、どこかで生きている筈だ。私としては、何とか、探し出して、この猫を、その子孫に、献上したいと、思っているんだ」

「連隊長に、沖縄行きを命じて死なせた、何とか中将は、その後、どうなったんですか？　中将の子孫も、生きているんですか？」

「当然、どこかで、生きているはずだ。何とか中将の子どもが、終戦の時、陸軍の若手の将校と、会ったという話を、聞いたことがある。この子孫を、何とか見つけ出して、自分の父親がやったことを、話して、父親に代わって、謝らせたいと思っているんだ」

と、小田島が、いった。

八匹の猫は、エサを食べ終わると、固まって、ソファの上で眠ってしまった。

「もう一つ、小田島さんにお聞きしたいことがあるんですよ。実は――」

猫田が、いいかけると、小田島は、その言葉を、遮《さえぎ》って、

「例の、蒸気機関車のことか？」

猫田が、驚いて、

「どうして、分かったんですか？」

「われわれの、共通の話題といったら、後はそれぐらいしか、ないからな。そんなことは、すぐに分かる」

と、小田島が、得意げな顔で、いった。

「私が見た蒸気機関車には、小田島さんが、関係しているんじゃや、ありませんか？」

と、猫田が、いった。

重ねて猫田は、

「昨日の夜、蒸気機関車を走らせたのは、小田島さんだったのですね」

と、いった。

「どうして、お前は、そうやって勝手に決めつけるんだ？　八十八歳の私に、蒸気機関車、それも、二両の蒸気機関車を走らせるのは無理だ。できるわけがないだろう？」

「それじゃあ、いったい誰が走らせたのですか？」

「私は、そんなことは、知らん。誰がやったことで、あるにせよ、私には、何の関係もないことだ。まあ、しいていえば、私と同じような、鉄道連隊の、生き残りか、あるいは、その子孫なんじゃないのか？　誰がやったにせよ、そんなに、簡単なことではないだろう」

「いや、そんなことは、ありません。逆から見れば、易しいことに見えます。やろうと思えば、八十八歳の、小田島さんでも、できるんじゃありませんか。私は、そう思っていますが」

「どうしてだ？　あの蒸気機関車を、鉄柵の中から引き出すだけでも、大変な力が、必要になるぞ」

「別に、本物の、蒸気機関車を使う必要はないと思います。木と紙、あるいはプラスチックでもいいんです」

「車体は、できたとしても、レールが、どこにもないじゃないか。どうやって、走らせるんだ？」

「私の知っている大学の先生に、鉄道模型の大家が、いるんですよ。彼の家に行くと、昔の蒸気機関車が庭を走っています。しかし、レールがありません」

「レールがないって、どうやって走っているんだ？　そんなことは、普通できないだろう？」

「いや、簡単ですよ。鉄輪の代わりに、ゴムのタイヤをつけて、走らせればいいんです。エンジンは、自動車のエンジンを使えばいいのです。外見は、蒸気機関車そっくりに造れば、簡単だし。自動車のエンジンなんかは、中古のものなら安く買えます。いってみれば、外見は、蒸気機関車そっくりのニセモノですが、夜中の町を、走っていれば、みんな怖がって、近づいて来ませんから、大丈夫です。とにかく、夜中に蒸気機関車が走ったというだけで、みんなが、ビックリしますからね。そういうことをやりそうな、人間といえば、今は小田島さんしか思いつかない。どうですか、違いますか？」

猫田が食いさがった。

「おい、私が造ったなんて、簡単に決めつけるな。第一、この家を見てくれよ。この家のどこに、蒸気機関車を、造れるような、部品や機械があるというんだ？　そんなものは、どこにもないぞ」

「いや。この家に来た時、家の後ろにもう一軒、倉庫のような建物があるのを見ましたよ。おそらく、そこで、あなたは、自動車のエンジンの蒸気機関車を、造ったんですよ」

猫田が立ち上がり、家の勝手口に、行こうとすると、

「分かったよ」

と、小田島が、声を大きくした。

「一人で勝手に行くな。私が、ちゃんと案内してやる」

勝手口を出ると、目の前に、猫田がいった倉庫があった。

外見は、不細工な倉庫だったが、中に入ってみると、二両の蒸気機関車があり、その周りに、中古の自動車のエンジンとか、何本も重ねたタイヤが、置いてあった。

蒸気機関車は、車体を黒く塗ってあった。近くで見ると、いかにも、ニセモノとわかる。しかし深夜、勢いよく、走っているのを見たら、誰もが蒸気機関車だと、思ってしまうに、違いなかった。

猫田は、真剣な目で見回してから、小田島に向かって、

「蒸気機関車は造れても、一人で、二両の蒸気機関車を、それも、同時に二ヵ所で、

走らせることはできませんよね。仲間がいるんじゃありませんか？」

猫田が、きくと、小田島は、逆に、

「君は、どうして、私に、仲間がいると思うんだ？」

と、きいた。

「どう考えても、小田島さん一人で、やるのは無理だからですよ。それに、仲間がどんな人たちなのかも、だいたいの、想像がつきますよ。一人は、小笠原実《おがさわらみのる》という人じゃありませんか？」

と、猫田が、いった。

「どうして、そう思う？」

「小笠原さんは、私を、この千葉に、連れてきた人だからですよ。あ、もう一人、猫柳采女《やなぎうねめ》が、自分の先祖だといっていた、香里《かおり》さん、彼女も、あなたの仲間じゃありませんか？」

と、猫田が、いった。

「うーん」

小田島は、うなっていたが、いきなり、倉庫の隅から、日本刀を持ち出してきた。

「小笠原実から、君のことを、聞いていた。何とかして、君を、仲間に入れたいと、いっていた。だから、君に質問する。いいか、私たちの仲間になるのが、イヤだといったら、この日本刀で、お前を斬る。仲間になりたい、なってもいいといったら、仲間のことを、話してやる。どちらがいい？　すぐに答えろ」

小田島は、ゆっくりと、日本刀を抜き放った。あまり斬れそうには、見えない。

「もちろん、仲間に、なりますよ」

猫田があっさりいった。が、小田島は、日本刀を持ったまま、

「本当に私たちの仲間になりたいのか？　どうにもウソくさいな。助かりたい一心で、ウソをついていたら、今ここで、お前を斬り捨てるぞ」

「ウソじゃありませんよ。私は、本気であなたがたの仲間に、なりたいんです」

「ウソじゃないことを、どうやって、証明する？」

「私は、これまで、ずっと猫田という自分の名前がイヤで仕方がなかった。何となく、ずる賢い人間のように、見られるのがイヤだったんですよ。それに、私は、自分の両親がどんな人間だったのかも、分からない。私は、孤児ですからね。酔っぱらっては、ケンカばかりしてきました。警察にも、何回も捕まりましたよ。警察の留置場で、小笠原実さんに、会ったんです。そうしたら、小笠原さんは、私を、この千葉に連れてきた。『里見八犬伝』の話もしました。里見家の話、里見家には、猫姓の家臣

が、八人もいた。そんな話を、してくれたんです。そうしているうちに、私は、生きがいが、見つかったような気がしてきたんです。そんな気分の時、夜の町を走り回る蒸気機関車を見たんです。そのあと、あなたにも、会いました。こうして、私にも、生きる気力がだんだんと、湧いてきたんです。だから、あなたの仲間に入って、ほかの人たちにも会いたい。どんな人たちなのかも、知りたい。今は、心の底から、そう、思っているんです。殺されるのがイヤだから、あなたの仲間に、入るといってるんじゃありませんよ。別のいい方をすれば、自分自身を知りたいんです」

小田島は、じっと、猫田の顔を見つめていたが、

「よし、分かった。君を仲間に加えてやろう」

やっと、日本刀を、鞘《さや》に納めた。

「家に戻って、飲もうじゃないか」

と、小田島が、いった。

3

家に戻ると、小田島は、奥から、焼酎を取り出してきて、猫田に勧めた。

それを飲んでいるうちに、猫田は、酔いが回ってきた。

「お仲間には、いつ、会わせてもらえるんですか？」

と、猫田がきくと、

「明日だ。明日会わせてやる」

「お仲間は、全部で、何人いるのですか？」

「明日になれば分かる。とにかく、今日は、仲間になった祝いだ。どんどん飲め、そして、酔っぱらえ」

と、小田島は、盛んに、焼酎を勧める。

猫田は、たちまち泥酔して、その場で眠ってしまった。

4

猫田が目を覚ますと、小田島の姿がなかった。

猫田は、一瞬、

(逃げられたか)

と、思ったが、五、六分すると、外から、小田島が入ってきた。

小田島は、猫田の顔を見るなり、真新しいタオルを差し出して、

「倉庫の裏の小屋に風呂を沸かしてある。入ってヒゲを剃れ。仲間に会うんだから、きれいにしろ」

と、命令口調で、いった。

外に出てみると、たしかに、古ぼけた小屋があって、湯船にお湯が沸いていた。裸になって入る。

湯船のそばには、これも、古ぼけた鏡と、顔を剃る道具が、置いてあった。外に出るのが面倒くさいので、猫田は、湯船に入ったまま、ヒゲを、剃った。

その後で、家に戻ると、小田島が、

「これから出かけるぞ」

と、いう。

「仲間に会うのに、いちいち、風呂に入ったり、ヒゲを、剃ったりしなくちゃいけないんですか?」

猫田が、文句を、小田島に、いうと、

「儀式というのは、きちんとしなくては、いけないんだ。侍の時代から同じだ」

と、小田島が、いった。

津田沼《つだぬま》駅に向かって歩くことになった。

「仲間は、全部で、何人いるんですか？」

歩きながら、猫田は、昨日と、同じ質問を、した。

「君と私を、入れると、全部で、八人になる」

と、小田島が、いった。

「小笠原実さんと香里さんも、仲間ですね？」

「そうだ。二人も仲間だ。君を入れて九人になって困っていたら、その中の一人が、死んだことを知らされた。殺されたんだ。犯人は分からない。とにかく、一人が死んで、君を入れて八人になった」

ＪＲ津田沼駅の駅前で、待っていると、ジャガーが、やって来た。初めて、館山駅に来た時に見たあのジャガーである。

運転しているのは、あの日と同じ、香里である。助手席には、小笠原実が、乗っていた。

「どうやら、猫田君と、話し合いがついたようですね」

と、小笠原が、小田島にいう。

小田島と猫田は、リアシートに、乗り込んだ。

「昨夜、いろいろと、話し合ったが、完全に意気投合したかどうかは分からん。ただ単に、珍しいもの見たさに、私たちに、会おうとしているのかもしれん」

「そんなことはありませんよ」

と、慌てて、猫田が、いった。

「本当に、皆さんに、お会いしたかったんです。皆さんの仲間になったら、私も、生きがいが見つかるかもしれない。そう思っているんです」

猫田が少し、おもねるように、いった。

静かに、車が、動き出した。車は、東京方面に向かっていると思えた。

「あと四人ですね」

と、猫田が、いった。

どうでもいいようなことをいったのは、緊張のせいか、黙っていると、ノドが渇いてくるからである。

「君は、どうして、あと四人だと、知っているんだ?」

助手席に座っていた小笠原が、振り返って、猫田を見た。

「さきほど、小田島さんから聞いたんですよ。私を入れると、九人になってしまうのだが、そのうちの一人が、死んだ。だから、八人になったと、教えられました」

「八人がいいんだ。八人より少なくても多くてもダメだ。団結心が、湧いてこない。だから、馬琴も、八人の剣士を書いた。九人でも七人でもない。八人だ」

と、小田島が、強い口調で、繰り返した。

「皆さんの目的を、まだお聞きしていませんが、八人で、いったい、何をやろうとしてるのですか？」

「どうして、それをきく？」

「これから、仲間に入れていただくんですから、それくらいのことは、知りたいと思いますよ」

と、猫田が、いうと、隣りに座っている小田島が、

「われわれの目的は、名誉の回復だ。それしかない」

「何の名誉ですか？」

「第一に、里見家に仕えてきた八人の猫姓の家臣たちの名誉だ。侍の名誉だ」

「ほかには、どんな名誉があるんですか？」

「本土決戦の時に、正しいことを主張したわれらの連隊長が死んだ。いわば、参謀本部のお偉方に、殺されたんだ。その後、悪人の何とか中将は、自分がいかに、本土防衛に尽力したかを雑誌に書いている。だが、嘘ばかりだ。だから、第二にやらなくて

はいけないのは、連隊長と、鉄道第二連隊の名誉の回復だ。今この二つを、われわれは、目的としている」

「館山と津田沼で深夜、蒸気機関車を走らせたのも、名誉を回復するための、一つの手段だったんですか？」

と、猫田が、きいた。

「ああ、そうだ。しかし平和ボケの今、猫姓一族の名誉だとか、戦争中の鉄道第二連隊の名誉だとかいっても、おそらく、普通の人には、分からないだろうし、賛同もしてくれないだろう。だから、まず千葉というか、房総の人たちをビックリさせる必要があったので、蒸気機関車二両を、夜中に走らせたのだ。正しい歴史を見るという私の狙いは、少しは、進んだと思っている」

と、小田島が、いった。

「皆さんも一緒になって、あの蒸気機関車を造ったんですね？」

猫田が、運転席の香里と、助手席の小笠原実に、声をかけたのだが、二人とも返事をしなかった。

「ほかにも協力する人たちがいる。その人たちに会うまでは、蒸気機関車の話は、しないほうがいい」

と、小田島が、いった。

四人が乗ったジャガーはどうやら、幕張《まくはり》に向かう気配だった。

幕張には、やたらに、大きなビルが並んでいる。その巨大なビル群を、抜けたところに、今度は、小さなビルがあった。小さくて、古めかしいビルである。

入り口には「房総歴史会」という看板が、かかっていた。三階建ての小さなビルだが、雑居ビルではなく、看板にあった「房総歴史会」が、この小さなビルを、占領しているらしかった。

ビルの玄関口で、香里がジャガーを停め、猫田たちは、車から降りると、ビルの中に入っていった。

一階は、ロビーになっていて、壁全体に房総（千葉）のさまざまな景色が、パネルになって、飾られていた。

ビルの中にはエレベーターがなく、四人は、階段を、上っていった。

二階が会議室になっていて、そこに三人の男と一人の女がいて、小田島たちを迎えた。

四人の目が、一斉に、猫田に向けられた。その四人に対して、小笠原が、猫田京介を、紹介した。

「この青年が、前にお話しした猫田京介君です。里見家に仕えていた猫姓の八人の家臣の一人、猫田作左衛門景平というのは、この猫田君の先祖だと、彼は、いっていますが、本当かどうかは、これからの行動を慎重に見守る必要があります。猫田君は孤児ですが、猫田という名前は、母親からの手紙にあったそうです」

小笠原は、あくまで慎重ないい方をした。

新しく紹介された四人の男女は、猫姓の本名を持っているが、それを名乗ると、いろいろと珍しがられたり、時には、バカにされたりするので、現在は四人とも、偽名を、使って生活しているという。

「自分にも、猫姓の本名が、ありますが、いろいろと面倒なことが多いので、願いが成就するまで小田島という偽名を使っています」

と、小田島も、いった。

その話を聞いても、猫田は、別に驚かなかった。とにかく奇妙な人たちなのだ。

自己紹介は、簡単だったが、その後、猫田は、血判状に署名し、指に傷をつけて、血判を押した。

いかにも、古めかしい儀式である。

しかし、猫田は、それが、厳粛な感じがして、

（これで、自分も仲間に入った）

と、思った。

第四章　里見埋蔵金

1

猫田《ねこた》は、これは、あくまでも遊びなのだという気持ちが、どこかにあった。

ところが、遊びの時間ではなくて、急に、全員が、きびしい表情になった。

号令をかけたのは、八十八歳の小田島《おだじま》である。八十八歳と思えぬ大きな声だった。

「これから、われわれの戦争を始める。目的は、三項目だ。一つは行方不明の姫君の子孫を探し出すこと。二つめは、終戦直前、鉄道第二連隊の先輩たちは、体制側の人間たちに、欺《だま》され、裏切られ、悲惨な最期を遂げたといわれている。その真実を明らかにし、彼等の名誉を回復することである。第三の目的は、里見《さとみ》家の復興だ。われら猫姓一族に、それを成就する義務と権利がある。今から、一時間だけ質問する時間を与える。それ以後は、質問は禁止し、行動だけが許される。質問のある者は、手をあげて欲しい」

その言葉で、真っ先に手をあげたのは、猫田だった。

どの項目に質問があるというわけではなかった。どれもこれも、初めて聞くことで、正直にいえば、全てに質問したいのだ。

「われらの姫君というのは、『南総里見八犬伝《なんそうさとみはっけんでん》』にいう伏姫《ふせひめ》のことですか？」

と、猫田は、まず、きいた。

「伏姫は、曲亭馬琴《きょくていばきん》がつけた仮の名だ。われわれのお方は、何よりも猫を愛していた姫君だ。猫を愛し、われら猫の剣士たちも寵愛された。その子孫は敗戦の混乱の時、突然、姿を消されてしまった。今も、どこかに生きておられるか、お子を残されているると、私は、固く信じている」

「どんなふうに、探すんですか？」

「すでに、房総《ぼうそう》全体に、われらが蜂起したことを示す合図をあげている。黒く塗られた機関車に、明かりをつけて、二両、走らせた。これが、その合図だ。あの合図を姫君の子孫と敗戦の時、野にかくれたわれらの仲間が、見てくれていたら、それぞれの形で決起してくる筈である」

「彼等が、決起する時の合図は、決まっているんですか？」

「漆黒の夜、南の空に、火矢が飛ぶから分かる」

と、小田島が、答えた。

「里見家の復興は、本当に出来るんでしょうか？　里見が亡びたのは、一六二二年、今から、四百年近くも前ですが」

と、質問したのは、小笠原《おがさわら》だった。他の者に比べて、少しは、現代の風に吹かれた時間が多いのだろう。

「四百年という年月は、確かに長い。しかし、考えてみたまえ。館山《たてやま》には、四百年後の今、里見氏の城が築かれている。人間の想像力は四百年ぐらい簡単に飛び越えてしまうのだ。あの城に、里見家の子孫を迎えることも、そう難しいことではないと、思っている」

「私が、心配しているのは、経済的な問題です。里見氏は、安房《あわ》で九万石の大名だったといわれています。われわれが、その九万石を作れるでしょうか？」

小笠原は、あくまでも現代の眼で見ていた。そのことを感じたのか、小田島が微笑した。

「私には、一つの夢がある。その夢が現実化する可能性は、二パーセントぐらいだが、君に、その夢を教えよう。君がいったように、里見氏は、安房九万石の城主だった。それが、一六一四年、突然、伯耆《ほうき》の倉吉《くらよし》三万石に移され、一六二二年亡びている。それも嗣子がなかったという理由である。一六一四年といえば大坂《おおさか》冬の陣が始まった年なのだ。翌一六一五年に豊臣《とよとみ》家が亡びている。誰もが、不思議な気がするだろう。徳川家康《とくがわいえやす》は、大坂の陣で豊臣家を亡ぼそうとしている時に、里見家を安房から、日本海側の伯耆に移しているんだ。豊臣家が亡びていない時に、家康が、わざわざ、里見家を敵に廻すようなことをしている。なぜこんなバカなことをしているのか？私は、一つの仮説をたてた。一六一四年、大坂冬の陣が始まった。が、徳川方は、苦戦する。そして、和睦。冬の陣の直前に、里見家が、突然、伯耆に移されると決まる。この動きに、私は黄金の匂いを感じるのだ。豊臣家は大坂城に、莫大な黄金を貯えていて、戦争になるや、その金で日本中の浪人たちを、傭《やと》い入れた。徳川家康は、大坂方の豊富な軍資金に冬の陣では、勝てなかったのだ。だから、いったん和睦し、戦略を、ねった。大坂城の堀を埋めたことが、喧伝《けんでん》されているが、私は、家康の勝因は、黄金の入手だったと思っている。大坂の陣は、武力戦だが、同時に経済戦でもあったと思っている。大坂方に負けない黄金を集めることに、家康は、全力を注いだと私は、思っている。家康は、急いで日本中で、黄金のある所を探したんだと思うよ。

その一つが、安房だったのではないか。家康は、直ちに、里見家に貯えた黄金の供出を命じたが、里見氏が、いうことを聞かないので、伯耆に移してしまった。そのあと、大坂夏の陣で、豊臣氏は、亡びてしまった。武力でも、経済力でも負けたからだ。そこで、里見家が、この時、どのくらいの黄金を貯えていたかを考えてみる。もし、この時、里見家が戦って家康に負けたのであれば、貯えてあった黄金は、ほとんど、家康に奪い取られてしまったろうが、大人しく、伯耆に移っているからね。黄金の多くを隠匿した上で伯耆に移ったのだろうと、私は、見ているのだ」

「その黄金は、今も、安房の何処かに隠されていると、お考えですか？」

「里見家は、安房に戻ることもなく亡びてしまっているからね」

「他にも、黄金伝説を信じる理由が、ありますか？」

「もちろん、それは、曲亭馬琴の『南総里見八犬伝』だよ」

と、小田島が、いった。

「曲亭馬琴は、一八一四年から書き始め、一八四二年まで、二十八年間もかけて、『南総里見八犬伝』を書いている。これは、異常だよ。なぜ、こんなにも長く書いたのか？　それは、黄金に対する執着だと、私は見ているのだ」

「馬琴も黄金を探していたわけですか？」

「そうだ」

「何か、証拠があるんですか？」

「証拠があれば、今頃、誰かが黄金を見つけてしまっている。ただ、ちらっと、馬琴が、黄金探しをしていたことを示すものがある」

「それは、どんなことですか？」

「馬琴が八人に、犬という字をつけていることだ。虎とか、猪とか、もっと強い字もあるのに、それも、八人全員に犬の字をつけている。ちらりと、馬琴の意識がのぞいているんだ。下世話にも、ココ掘レワンワンというじゃないか。馬琴は、八犬士に託して、里見家の黄金を掘り出すことを、夢見ていたんだよ」

「われわれが、掘り出せますか？」

「八犬伝に出て来ない場所を探す。それに、私も父も鉄道連隊にいて、橋をかけたり、トンネルを掘ったりするプロだった。その経験も少しは生きるだろう。里見家の黄金を見つけたら、里見家の復興も簡単だよ」

「鉄道第二連隊の名誉を回復するというのは、具体的に、どんなことをやるのですか？」

と、香里《かおり》が質問した。

小田島は、腕時計に眼をやった。

「時間だ。われわれには、時間がないので、質問はここまでにして、これからは、実戦に移る」

小田島が、合図すると、正面に日本本土の地図が、映し出された。

「この件は、すでに、何回も話題にしたので、承知している者もいると思うが、念のために、復習しておこう」

と、小田島は、ゆっくりと、喋った。

「沖縄が陥落し、次の戦場は、九州だと考えられた。アメリカ軍は、これまでと同じように、九州に航空基地を造り、日本全体の制空権を確実なものにしたあと、いよいよ、関東地方に上陸してくるだろうと、予想されたのだ」

正面の地図が、関東地方になった。

「このあと、アメリカ軍は、関東地方に上陸してくるだろうと、日本の大本営は、予想した。この予想は当たっていた。アメリカ軍も、九州の次は、関東地方に上陸し、首都東京を攻略して、戦争は終わると、考えていたのだ。アメリカ側は、九州上陸をオリンピック作戦、最後の関東地方の上陸を、コロネット作戦と呼んでいた。コロネット作戦には全部で、百十七万千六百四十七人が参加することになっていた。戦車などの車両は十九万五千両、航空機は六千機と考えられていた。アメリカ側は、制空権と制海権を握っているから、自由に上陸地点を選ぶことが出来るが、防衛する日本側は、そうはいかない。本土防衛には、百五十万の兵力が必要ということで、何とかかき集めたが、それを、九州と、関東地方双方に、集中的に配備するわけにはいかない。東海地方の防備が手薄とわかれば、アメリカ軍は東海地方に上陸して、日本を、東西に分断してしまう恐れがあるからだ。そこで、大本営は、日本を東西に分け、東を第一総軍、西を第二総軍が、担当することとし、それぞれ、杉山《すぎやま》大将、畑《はた》大将が指揮することが決められた。その他、細かく地区名と、それを防衛する師団名が、決められた。われらに関係する千葉《ちば》県は、次の通りだ」

また、正面の画面が、変わった。

千葉〈九十九里浜《くじゆうくりはま》〉方面

　第五二軍（司令部　佐倉東《さくら》）

　　近衛第三師団

　第一四七師団

第一五二師団
第二三四師団
独立戦車第三旅団
内地鉄道第一連隊・第二連隊

これらの文字が浮かんでいる。

「先日、本土決戦の時のことを話題にしたが、実は、あの話の半分は嘘なのだ。なぜ、嘘の話をしたか。それは、あの時点で、まだ私を含めて、われらの覚悟が出来ていなかったからだ。今、われらは、決断した。体制側と、戦うと決断した以上、その戦いのはじめの本土決戦についても、もう嘘をついたり、最後に、妥協したというような態度をとる必要がなくなったのだ。千葉の、特に九十九里浜の防衛で、われわれは、正規の師団に協力することを命じられていたが、防衛の手段について、師団長やその参謀と意見が合わなかったのは、本当だが、実際には、意見が合わないという生ぬるいものではなかったのだ。本当のことをいえば、われらは、正規軍と分かれて、全く別の戦う軍団を作っていたのである。われらは、猫師団と自分たちを呼び、本土決戦に際しては、独立して戦うと宣告していた。なぜ、本当に独立をしなかったかといえば、正規軍が、われらを命令に服させようとして、里見の姫君の子孫を、人質にとっていたからだ。われらの姫君、われらは、親しみをこめて、猫姫と呼んでいたが、その子孫が、本土決戦になれば、日本は亡びると心配して、第五十二軍の司令部に出向いて、本土決戦は避けなさいといい、それを、大本営に伝えて欲しいと、司令官に話されたのだが、司令官は、われらを押さえ込むために、監禁してしまったのだ。われらは、そのため、心ならずも、第五十二軍と、大本営に従ってきたのだが、今や、われらは、彼等と、戦う決意をした」

「もう一つ、質問を許可して下さい」

と、我慢しきれずに、猫田が、手をあげた。

小田島が、許可しないうちに、猫田は、喋っていた。

「今からは、戦うといわれましたが、本土決戦のために、反対したり、賛成したりしたのは、昭和二十年でしょう。その時の行動を、変えることなんか出来ないでしょう？」

「君は、歴史認識というものが、分かっていない」

「歴史だって変えられませんよ」

「歴史じゃない。歴史認識だよ。歴史は変えられないが、歴史認識は変えられるんだ」

「よく分かりませんが」

「南房総で本土決戦に関係した人たちが、戦後十年目ごとに会って、自分たちの歴史認識を語り合っている。ここ何回か、私がわれわれを代表して出席しているが、姫君の子孫の行方がわからないので、歴史認識を変えずにいたが、今日から、変えるのだ。その旨を、通告する」

「具体的に、どんなところを変えるのですか？」

これは、猫田の質問ではない。猫谷源三《ねこやげんぞう》だった。彼は、鉄道ファンということだった。

「君は、千葉県内の鉄道を調べているそうだな？」

と、小田島が、きく。

「そうです。ですから、今回、夜半にSLを走らせることに、協力しました」

「それなら、本土決戦の時に、県内の鉄道をどうすべきかの議論があった話をしよう」

と、小田島が、いった。

「私は十八歳で、県内の第二鉄道連隊の連隊長と、会議に出ていた。この会議には、鉄道本部のお偉方も出席していた。会議で、そのお偉方が、主張した。日本は鉄道が発達している。それも国鉄が多いので、線路を使えば、日本中を移動することが出来る。アメリカ軍は、上陸したら、この鉄道を利用して、武器や兵隊を運ぶだろう。それをさせないために、自ら、線路や駅、橋梁を爆破すべきだというのだ。私も、連隊長も反対だった。この戦争はもう駄目だ。一刻も早く、やめた方がいい。平和になって復興を考えたら、何よりも、鉄道が必要だ。線路と貨車とＳＬが必要だ。それなのに、自分から破壊するなんて、何事だと思ったんだ」

「どう反対したんですか？」

「平和のために、鉄道は必要だとはいえなかった。平和というだけで、憲兵に捕まって、刑務所行きだからね。だから、連隊長は、本土防衛のために、鉄道で兵士や弾丸を運ぶ必要があるから、鉄道を壊さない方がいいと反対した」

「何か、後ずさりしながらの反対みたいですね？」

と、猫田が、皮肉ないい方をした。

小田島が苦笑した。

「私も、連隊長と一緒に反対したが、自分でも、弱いなと感じたよ。それに比べて、向こうは、威勢がよかった。うしろに、大臣がついてるからね。本土決戦になったら、何一つ使わせない。中でも、一番使いやすい鉄道は、爆破してしまうのだ。その上で、ゲリラ戦を展開すればいい。肉弾戦に、鉄道はいらないと、叫ぶんだ」

「結局、どうなったんですか?」

「われわれの負けだった。何といっても、彼等には、陸軍がついていたからね。それに、精神論が幅を利かせていた。本土決戦に備えて、大本営の陸軍部が、『戦争指導大綱』を発表したんだが、それには、こう書かれているんだ」

小田島が、いい、正面に、その「戦争指導大綱」が、映し出された。

方針
七生尽忠ノ信念ヲ源力トシ地ノ利人ノ和ヲ以テ飽ク迄戦争ヲ完遂シ以テ国体ヲ護持シ皇土ヲ保衛シ征戦目的ノ達成ヲ期ス

要領
一、速カニ皇土戦場態勢ヲ強化シ皇軍ノ主戦力ヲ之ニ集中ス　爾他ノ疆域ニ於ケル戦力ノ配置ハ我ガ実力ヲ勘案シ主敵米ニ対スル戦争ノ遂行ヲ主眼トシ兼ネテ北辺ノ情勢急変ヲ考慮スルモノトス

「これが、これから、どうすべきかを示したものだが、何をいってるかわからないだろう。とにかく精神論なんだよ。一億玉砕と軍部は叫ぶが、特攻に使う武器がないんだ。もっと非道《ひど》い話もある。本土決戦に使う秘密兵器として、次の武器をあげているんだが、これが、呆然としてしまうんだよ」

そして、小田島は、「軍事機密」とされた「屈敵兵器」の名前を、画面に示した。

殺人光線
斬込用兵器
①惨殺用白兵
②高声笛
③異様覆面

「殺人光線なんか、実験だけでマンガの世界だった。斬り込みの時に、敵を脅かすためのものとして、相手を脅かす笛とか、お化けのマスクなんだ。しかもそれが軍事機密なんだからね。こうなると、論理的な思考は要らないんだ。威勢がいい方が受けるんだ。だから、鉄道を守るというより、敵に渡さないために、破壊するという方が受けるんだ。だから、私たちの意見は負けた。破壊し敵に渡さないという言葉が勝ったし、私たちの鉄道を守るという意見は、利敵行為だと叱責された」

「今は、鉄道を守ることが正しかったという歴史認識なんですね？」

「もちろん、そうだ。実は、私や連隊長は、アメリカの艦載機グラマンF6Fで、日本本土を空襲し、撃墜され、捕虜になったパイロットに会って、話を聞いていたんだ。日本本土に上陸したあと、日本の鉄道を、利用するのかをだよ。そのパイロットが、日本のSLを、機銃掃射していたからだ。そのパイロットは、はっきりといった。日本の鉄道は使えないとね。なぜなら、線路の幅が狭くて、アメリカの鉄道規格に合わないし、頑丈ではないので、戦車や、巨大トラックの運搬には使えない。従って、日本の鉄道は、全部ぶち壊して、使えないようにしておき、必要なものは、占領後、再構築するスクラップ・アンド・ビルド作戦に決定していると、証言しているのを聞いてるんだ。だから、主張に自信があった」

「それなら千葉県内で、防衛作業をしている時、どうして、それを主張しなかったんですか？」

猫谷源三がきくと、小田島が笑った。

「君に、教えておくが、正しいから受け入れられるとは限らないんだよ。特に、日本のように、建て前と、本音が違う社会では、逆に、本音が嫌われることが多いんだ。あの時も、私たちが、今の主張を口にしたら、十中、八、九、アメリカ兵の捕虜に欺《だま》されやがってと、叱責されたろう。だから、自信のあった主張は、おさえて、相手方に同調したんだ。だが、今日から、守りは止めた。戦って、勝つ。今日から、それに徹することにした」

「まず、何からやりますか？」

「敵に勝つには、何よりも、豊かな資金が必要だ。だから、まず、宝探しだ。里見家の埋蔵金を探す」

と、小田島が、いった。

猫田は、驚いた。

小田島が、いきなり、埋蔵金を探すと、いったからである。

彼は、三つの狙いを宣言したが、猫田から見て、里見家の復興、すなわち、埋蔵金探しが一番、現実離れしていると思っていたからである。

その場にいた何人かの猫たちも、一瞬、ポカンとして、小田島を見つめた。

そんな空気を察してか、小田島が、いった。

「まず、里見家の埋蔵金が、あると思うかどうか、決をとる。ないと思う者が多かったら、探す意味がないからね。あると思うもの」

と、いい、挙手を求めた。

全員が、のろのろと、手をあげた。

小田島が、ニッコリする。

「よし。決まった」

「小田島さんは、なぜ、埋蔵金があると、思うんですか?」

と、猫田がきいた。

「さっきもいったが、曲亭馬琴のせいだよ。とにかく、『南総里見八犬伝』を、二十八年もかけて書くのは異常だ。八犬伝は面白いが、里見氏そのものは、さして面白くない。ありふれた、地方の小大名だよ。そんな大名家の話を、延々と書き続けたのは、小説を書く以外に、興味があったからに違いないのだ。馬琴のような男が、何に興味を覚えるだろうかと考えた。まず女が考えられる。しかし、女に溺れた形跡はない。次は美少年がある。馬琴は、『近世説美少年録』を書いているから、美少年に関心があったことは、間違いないんだが、美少年に溺れた形跡もない。あと、残るのは黄金だ。さっきもいったが、八犬伝という題名からして、馬琴が、黄金に興味を持っていたことが、わかる。それに、馬琴は、失明したあとも、八犬伝を書き続けているのだ。失明していては、本は読めないから、別の楽しみがあったと想像される。音の楽しみとすれば、音の中で、もっとも楽しいのは、小判のふれる音といわれる。馬琴は、その音が聞けるのを楽しみに、書き続けていた。いや里見埋蔵金を探し続けていたのではないか。小判の音が聞けると思っていたのではないか。盲目になっても、書き続けていたのは、そのためと、私は考えているのだ」

「それに、今、ここに集まるのは、猫たちだから、猫に小判の例えもありますね」

と、誰かがいい、小さな笑いが生まれた。

だが、小田島は、笑わなかった。

「下手な冗談は、もう終わりだ。もう一度、そんな冗談を口にしたら、その時はお前の尻を蹴飛ばすぞ」

と、本気であることを、強い口調で、示した。

この日の夜半、暗い南東の空に、火の矢が走るのを見たという者がいた。

香里と、もう一人の女、美矢《みや》だった。美矢は、猫田が、ここに来て、初めて会った女で、本名が別にあるのかは、分からない。

朝になって、二人の女が、揃って、火の矢について証言した。

昨夜の小田島の叱咤があってか、二人の証言を笑う者は、いなかった。

小田島も、もちろん、真面目に、受け取っていた。

「九十九里浜の上空あたりか」

と、いう。

「私たちへの誰かの合図でしょうか？」

と、美矢が、きく。

「それを感じたか？」

「一瞬、胸に強い痛みを感じましたが、それが途中で消えました」

「お前は、どうだ？」

と、小田島は香里を見た。

「私も、強い痛みを感じて、眼をつぶりましたが、何も浮かびませんでした」

「私が思うに、二人が見た火の矢は、私たちに何かを訴えようとしているのだが、その間に、巨大なものが、立ちふさがって、邪魔をしているのだ」

「何者かわかりますか？」

と、美矢が、きく。

みんなの眼が、小田島に集まった。

「火の矢の方向、九十九里浜は、話をしたことがあったと思うが、昭和二十年、本土決戦に備えて、上陸してくるアメリカ軍に向けて、防御陣地を構築していた所だ。九十九里浜全体を掘り起こし、砲台を築こうとした。私の鉄道連隊も動員されたし、市民も駈り出された。一億の国民全員が動員されたのだ。そのため、眠っていた里見家の家臣たちも目をさました。三百年の眠りから目覚めたのだ。同時に、その敵も、目をさました。双方の戦いが始まったのだ」

と、小田島が、いう。

「その敵とは、いったい誰ですか？」

猫田が、小田島を見つめてきいた。こうした話になってくると、猫田は、自分が、つくづく、このグループの中では、新参者だと思う。

「分からんか？」

「分かるように、説明して下さい」

「本土決戦ということで、日本中が大さわぎになり、日本中が掘り起こされた。海岸から山の中まで、掘り起こし、地下壕を造り、砲台を築いた。本土決戦のためだった。しかし、千葉、房総では、別の一面があった。本土決戦さわぎで、数百年、正確には三百二十三年の眠りから、目覚めてしまった里見とその家臣、特に猫姓一族たちだ。同時に、三百二十三年前、里見家を亡ぼした巨大な力も目をさました。権力者たちの子孫たちだ。本土決戦の時、里見家の復興と、埋蔵金の発見に動いたわれらの父や祖父たちと、それを奪取しようとする連中とが、本土決戦の大義の裏で、戦っていたんだ。結果的に、われらの父や祖父たちは敗北した。バラバラにされ、懲罰で、沖縄に行かされる途中、海で全員が死んだ。しかし、敵も、里見埋蔵金を手に入れることが出来なかったのだ。戦後七十年で、歴史認識という名前で、今度は、歴史の掘り起こしが始まった。七十年前は、本土決戦の大義の裏でわれらは里見家の復興と里見埋蔵金の発見に努めたが、出来なかった。今度は、歴史認識という大義の下、われらは七十年前と同じ目標を掲げて戦う。敵は七十年前も、今回も、埋蔵金が目当てだろう。わかったか？」

「半分了解」

「それで十分だ。これから、戦いに出陣する。第一のグループは、館山だ。今でも、館山は、里見家に一番関係がある場所だし、馬琴も、江戸時代、館山で里見家について、いろいろと調べている筈だ。もっと、はっきりいえば、里見埋蔵金について、調べたと思う。だから、われわれも、向こうで、埋蔵金について調べる。第二のグループは、九十九里浜から、東金《とうがね》辺の台地にかけて調べる。この周辺は、本土決戦に備えて、私も、鉄道連隊の一員として働いたところだ。今から、考えると、体制側の一部、ずばりといえば、われらの敵は、あの時から、里見埋蔵金を探していたのだ。その作業に邪魔な人間はひそかに殺した疑いを、私はもっている。その点も頭に入れて、調査に当たって貰いたい」

と、小田島は、力を籠めて、いった。

こちらの「房総歴史会」にいた四人を中心にして、第一グループが構成され、館山に向かい、猫田は、第二グループの一員として、九十九里浜プラス東金台地に行くことになった。

香里や小笠原、それに、戦争末期、鉄道連隊にいた小田島も、第二グループだった。

小田島は、精神は若いが、さすがに八十八歳で、足が弱っているというので、香里が運転するジャガーに乗った。

猫田は、もちろん、電車である。

集合場所は、東金線の東金駅前と決められた。

グループで動くと、敵を警戒させるということで、バラバラに、東金に向かった。

猫田は、小笠原と一緒に動いた。

「あなたの本名を教えてくれませんか」

と、総武線で移動中に、猫田が、いった。

「本名ではなく、私の先祖の名前の方が、君は、興味があるだろう。猫毛《ねこげ》久太郎満正《きゅうたろうみつまさ》だ」

と、小笠原が、いった。

「猫毛ですか」

「子供の時、猫毛という名前で、からかわれた」

「今日から、どっちの名前で、呼んだらいいですか?」

「まだ、小笠原、でいい。里見家の復興がなったら自分から猫毛を名乗る」

と、いった。

大網《おおあみ》駅で、東金線に乗りかえる。

東金線の東金で降りると、すでに、小田島たちは到着していた。

第二グループは、十人。

小田島は、ここで、一人の男を、猫田たちに紹介した。

ジャンパー姿の中年のやせた男だった。

「柿沼宏《かきぬまひろし》です」

と、自己紹介をした。

「柿沼君の祖父が、本土決戦が声高に叫ばれていた頃、陸軍の陸地測量部の責任者で、アメリカ軍が、上陸してくると予想された九十九里浜と、東金台地の測量に当たられていた。みんなは、戦いといえば、兵隊と武器さえあれば出来ると考えるだろうが、本当に大事なのは、柿沼君の祖父のような測量のプロなんだ。特に、本土決戦のように、防衛に当たる場合は、土地の測量が無ければ戦えないのだ。それなのに、本土決戦の場合、何処に防御線を置くのかにあたって大本営のお偉方は、柿沼君の祖父の忠告を入れず、海岸線に造れと命令して、測量の専門知識を生かさなかった」

「その通りです。祖父は、大本営のお偉方のガンコさに呆れて、民間人の智慧を借りることにしました。主として関東地方の大学教授や助手たちに、協力を求め、祖父を含めて八人のグループを作り、九十九里浜から東金台地にかけて、土地を調べ、どこに防御線を設けるのが一番いいかを調べたのです。祖父は、自分たちのことを、ひそかに『八賢人』と、呼んでいたそうですが、その中に、猫毛という面白い名前の人がいたそうです」

「それは、私の祖父です！」

と、小笠原が、大声をあげた。

「静かに、柿沼君の話を聞け！」

小田島が、負けずに怒鳴った。

柿沼は、冷静に話を続けた。

「大本営の頭には、九十九里浜しか入っていなかったのです。千葉県全体が、九十九里浜のように砂地か、弱い赤土で出来ていると思い込んで、その誤解に従って、防衛線を造れと、命令を出したのです。ところが、祖父たちが調べたところ、九十九里平野が消える地点、現在の東金線あたりから、強固な地質の東金台地が広がることが、わかったのです。これが、その時、八賢人が作製した東金台地の測量図です」

柿沼は、その測量図のコピーしたものを、全員に配った。

猫田が、見ると東金台地の土地の成分が、色分けして示されている。

更に、東金台地は下総《しもうさ》台地につながっている。

「祖父は、その測量図を大本営に提出したといいます。それには、次の文章があったといいます。『東金駅付近の低い部分は、高さ八メートルだが、台地平均の高さは二十メートル以上である。要塞《ようさい》にふさわしい地形であり、地質を考えると、米軍の砲爆撃に耐える地下壕を造り易い。ここに陣地を設ければ、帝都東京を守る主陣地になり得る』とです。しかし、大本営は、海岸に陣地を構築するという意見を変えませんでした。それどころか、祖父たちが強く進言すると、それなら、東金台地を実地見学するといい、鉄道連隊の五人を連れて、深夜、東金台地に出かけたのですが、なぜか、帰ってきたのは、師団長と副官、下士官二人だけだったのです。当然、祖父たちは問題にしたのですが、このすぐ後、終戦になり、関係者は、帰郷してしまい、捜査は行われず今に到っているのです」

柿沼が話し終わると、小田島が、代わって、いった。

「これで、われらが、この東金で、何を調べたらいいか、わかったと思う。それにプラス、里見埋蔵金だ」

2

ジャガーの車内に積まれていた十人分の衣服が、猫田たちに、配られた。ハイキングの恰好《かっこう》である。

その恰好をして、猫田たちは、東金台地の調査に出発した。

細い道を登っていく。その道が、雑木林に吸い込まれて、消えた。

後は、七十年前に作られた、東金台地の測量図と、磁石が頼りである。

一時間近く歩き回ってから、錆びた鉄柵のついた横穴を発見した。

鉄柵には、戦時中の鉄道連隊のマークがついていた。

「懐しい。これは、七十年前、この柿沼君の祖父のグループと、われわれ鉄道連隊が掘った横穴だ」

と、小田島が、いった。

「こっちに、変な立札がありますよ」

小笠原が、大きな声で、いった。なるほど鉄柵の傍に、札が立っていた。

「私有地につき、立入禁止」

と、あった。真新しい立札だった。

柿沼が、すぐ、携帯電話で東金市役所にかけて、一、二分話していたが、

「昨日、数人のグループが、突然、弁護士同伴でやってきて、東金台地の市有地の五ヵ所を買いたいとして、手付金を払っていったそうです。すぐに本契約をして、全額払うことになっているという話です」

と、小田島に、いった。

「何という、グループですか？」

「新房総観光協会、と名乗ったそうです。代表者の名前は、近藤直之《こんどうなおゆき》です」

「近藤？」

と、小田島は、おうむ返しにいってから、

「あの師団長は、近藤じゃなかった。思い出したぞ。確か、副官の名前だ。師団長は、ガンコなだけで、ある意味、扱いやすかったが、近藤という副官は、頭が切れて、難しかった。多分その息子か孫だろう」

「それが、どうして、今になって、東金台地の五ヵ所を買うんですか？」

「そんなことは、決まっている。先に手を打ってきたんだ。里見埋蔵金が、東金台地に隠されているんじゃないかと、思ったんだろう」

「まず、眼の前のトンネルに入ってみませんか。祖父たちが地質調査に掘ったあと、連中が更に、掘り進んでいるかも知れませんから」

と、柿沼が、いった。

小田島が肯《うなず》き、立札を引き抜いて、放り投げてから、鉄柵を開けた。

全員が、懐中電灯を手に取って、トンネルの中を照らした。

冷たい風が吹いてくる。

小田島と、猫田が、先頭に立った。

トンネルは、ゆるい下り坂になっている。

小田島が急に立ち止まった。

壁を、手で、なでながら、

「われわれが掘ったのは、ここまでだ。この先は連中が掘ったんだ」

「何のためにですか？」

「里見埋蔵金を探してか、それとも別の目的のためか」

「それを知りたいですね」

「よし。前進だ」

小田島が、踏み出した。確かに、今までとは違うトンネルだった。

十メートルほど進んだところで、トンネルは終わっていた。

円い広場のようになっていたが、そこには、こわれた机や、つるはしが、放り込まれていて、この先を調べる邪魔をしているように、見えた。

小田島は、立ち止まったまま、何か考えていたが、

「このガラクタを片付けて、少し掘ってみよう」

と、いった。

十人は、まず邪魔な椅子や机などを、後方に押しやってから、眼の前の土の壁を交代で掘り始めた。

猫田たちの持っているのは、折りたたみ式の小さなスコップだった。それでも意外に簡単に掘れるのは、一度掘ってから、埋めたからだろう。

掘り続けていくと、みんな疲れたように、座り込んでしまった。

小田島が、そんな猫田たちを、怒鳴りつけた。

「もたもたしていると、札を立てた人間が怪しんでこのトンネルに入ってくるかも知れんぞ」

猫田たちは、のろのろと立ち上がった。

「早くしろ！」

と、小田島が怒鳴る。

猫田たちを先に出口に向かわせ、殿《しんがり》を務めた小田島は、ポケットに入れて持ってきたボイスレコーダーのスイッチを入れて、トンネルの暗がりに、それを隠してから、急いで、出口に向かった。

外に出ると、鉄柵を元に戻し、立札を立て直してから、十人は歩き出した。

三十分後に、第二の立札を見つけた。

書かれている文字は、同じだった。そして、そこにも鉄柵のついたトンネルの入り口があった。

「これも、七十年前に掘ったトンネルですか？」

と、誰かが質問した。

「いや。これは違う」

と、小田島がいった。

「鉄柵が錆びていない。鉄道連隊のマークも入っていない。あの連中が最近掘ったものだろう」

「連中は、何のために掘ったんですか？」

「最近、里見埋蔵金は、この東金台地にあるんじゃないかと、連中が考えて、掘ったんじゃないかね。七十年前、師団長たちは、九十九里浜に、防衛線を築こうとして、穴を掘ったりしていた。それに対して、われわれは東金台地を掘っていた。連中はそれを思い出したのかも知れないな。それで、最近、東金台地に、穴をあけたり、トンネルを掘っているんだと思うね」

「小田島さんは、埋蔵金は、どこにあると思っているんですか？」

猫田がきいてみた。

「分かっていれば、とっくに掘ってる」

と、小田島は笑ってから、携帯で館山にいる第一グループに電話をかけた。

電話に出たのは猫の一人だった。

「そっちは、どんな具合だ？」

と、小田島が、きいた。

「館山の海岸に、古い旅館があるんです。そこの蔵から出てきた古い宿帳を見たら、そこに、三田村鳶魚《みたむらえんぎよ》という名前がありました」

「どういう人間なんだ？」

「一八七〇年生まれで、江戸の文化、風俗の研究家で、時代小説を書く作家にとっては、時代考証にうるさい批評家だったといわれた人物です」

「その三田村鳶魚が、どうかしたのか？」

「彼は、江戸時代の作者についても、研究していて、館山に来たのは、『南総里見八犬伝』を書いた曲亭馬琴の研究のためだったらしいのです。当時の旅館の主人も馬琴に興味があったので、三田村鳶魚に、よく話しかけたといいます。そんな中で、三田村鳶魚は、曲亭馬琴について、こんなことを話したというのです。馬琴は、里見家をモデルにして、『南総里見八犬伝』を書いたが、それは事実の一面だけで、馬琴はもう一つの興味を持って、八犬伝を書いていたというのです」

「もう一つの興味か」

「それが、面白かったので、馬琴は延々と、『南総里見八犬伝』を書き続けたというのです」

「何が面白いと、その三田村は、いってるんだ？」

「彼は、江戸時代の作者曲亭馬琴について、こう書いているというんです。馬琴は二十八年もかけて『南総里見八犬伝』を書いた。こんなにも長い期間、続いたのには、理由がある。第一は里見という大名家自体の面白さだが、もう一つは、里見埋蔵金の楽しさがあったためだと、三田村鳶魚は書いていると、いうんです」

「三田村は、具体的にどう書いてるんだ？」

「馬琴の書いた日記を読むと、『南総里見八犬伝』を書くに当たって、埋蔵金騒動を里見家興亡の動機にするつもりだったが里見家について調べている中に里見家には実際に、埋蔵金騒動があったことを知って、驚いた。そのうちに馬琴は、埋蔵金を自分の力で見つけ出そうと考えるようになった。それで、最初伏姫は、十万両の埋蔵金と一緒に死ぬことになっていたのだが、埋蔵金の代わりに水晶の珠にしたと書いている。里見八犬伝が始まってからも、しばしば房総を訪ね、十万両といわれる埋蔵金を探し続けたと、日記に書いているそうです」

「盲目になってからもか？」

「力秀でたる若者三人を連れて、『南総里見八犬伝』の地に埋蔵金を追うとあるそうです。馬琴は『南総里見八犬伝』を完成させるのと、埋蔵金探しの両方に執念を燃やしていたと、書いてあるそうです」

「しかし、見つからなかったんだろう？」

「八犬伝の方は、完結しましたが、埋蔵金の方は見つかっていません。三田村鳶魚の『曲亭馬琴伝』によると、馬琴の最後の言葉は、見えない眼で、房総の方向を見て、『チャリンという小判の音を聞きたかった』だそうです」

「それで馬琴は、千葉（房総）のどの辺を探したんだ？」

「八犬伝には、さまざまな土地が出てきます。あれは、馬琴が、埋蔵金を探して歩いた土地ではないかと、三田村鳶魚は、書いています」

「この話は、君たちだけが、知っているのか」

「海辺の同じ旅館に泊まって、今の主人に、三田村鳶魚の話を聞けば、同じことを聞けることになります。旅館の主人は、話好きですから」

「旅館の主人の話は、信用できるのか？」

「わかりません。里見氏の熱心な研究家だという人もいるし、大ボラ吹きだという人もいますから」

「わかった。引き続き、里見家に関する資料を集めてくれ。何としてでも、里見埋蔵金を手に入れたいのだ」

小田島は、それだけいうと、電話を切り、猫田たちに視線を戻して、

「曲亭馬琴は亡くなる瞬間まで、里見埋蔵金に執着していたことははっきりした。だが、彼は手に入れていない」

「じゃあ、埋蔵金は、実在していると証明されたわけじゃないですか。馬琴のような人物が架空の埋蔵金話を、二十八年間も追い続ける筈がありませんから」

と、小笠原が、いう。

だが、小田島は、ニコリともしないで、

「馬琴までが、埋蔵金を狙っていたとすると、これからは、埋蔵金の正当な所有者を見つけ出すことも、必要だ」

「具体的に、誰がいるんですか?」

「里見家の最後の当主は伯耆で死んでいるから、正当な権利の持ち主とはいえない。権利を放棄したと見ていいだろう」

「安房に残った人がいるわけですか？」

「姫君が残ったという話がある。馬琴も、その話を聞いていて、伏姫という姫君を創ったんだと思うね。馬琴は、この伏姫を正統な後継者と見ていたから、八つの水晶珠を持たせているんだ。埋蔵金の代わりにだ」

「しかし、馬琴は、伏姫をすぐ死んでしまうように書いていますね。安房の領主、里見義実《よしざね》の娘ということにして、自害させています」

「この姫君について、詳しく記述したものはないんだ。猫が好きな姫君で、よく、愛猫と一緒に寝ていたが、ある夜、その猫が、行灯《あんどん》を倒して火事になってしまった。その直後に、伯耆行を命ぜられているんだ。領主は伯耆に移ったが、姫君の記述はない。想像を逞《たくま》しくすれば姫君は火事で重傷を負い、伯耆に行けず、安房に残ったんじゃないか。その後、伯耆に移封された里見家は嗣子なく滅亡したが、姫君は、安房で生き残った。領主と一緒に、伯耆に移った家臣は、里見家がなくなったので、離散してしまった。そんな中で、猫姓の八剣士は、重傷の姫君を守って、安房に残った。里見家が亡びたあとも、姫君と猫姓の八剣士は、生き続けた。馬琴もその話を聞いて、『南総里見八犬伝』を書いた」

「しかし、姫君と、猫の八剣士の関係は、よく続きましたね。領主は亡びてしまったのに」

「だから里見埋蔵金だよ。十万両とも、それ以上ともいわれている」

「それで、問題の姫君の子孫を探す必要があると？」

「今のところ、その姫君の子孫以外に、埋蔵金の正当な所有者はいないからな。みんな、疲れているとは思うが、姫君の子孫を探してくれ」

と、小田島は、いった。

第五章　奇妙な戦い

1

猫たちのリーダーは、高らかに戦いを宣言した。

戦いの目的は三つである。

一つ目は、行方不明になっている姫君の子孫を探し出すこと。

二つ目は、終戦の直前に悲惨な最期を遂げたらしい鉄道第二連隊の先輩たちの真実を明らかにして、その名誉を、回復すること。

最後の三つ目の目的は、里見《さとみ》家の復興を実現することだが、それは、今もなお、東《とう》金《がね》辺りの台地のどこかに、隠されているといわれている里見家の埋蔵金を、発見することで実現できるのだ。

新しく参加した猫たちは、この三つのどれもが生易しい仕事ではないことを覚悟した。とにかく、全てが実現しそうになく、難しいのだ。

それに、戦争するといっても、いったい、どこの誰と、戦争するのか、それが、はっきりしない。リーダーの小田島《おだじま》は、戦いの目的として三つのことを、口にした。それを邪魔する者は、全て、戦いの相手ということらしい。

冷静に考えると、小田島の忘れていることが、一つあると、猫田《ねこた》は考えた。

小田島は、戦争を、始めるといった。

しかし、今は、江戸時代ではない。それに、太平洋戦争は、すでに終わっている。現代は、平和の時代である。その平和な時に、戦争を始めようとすれば、当然、警察が、乗り出してくる。そうなったら警察とも戦うのか？

今のところ、警察が、関与してくる、それらしい兆候はない。

それでも、いつも泥酔して、警察の厄介になっていた猫田には、感覚として、それが、分かるのだ。いつ、どこから警察が、出てくるか、それが自然に分かるのは、いわば、猫田だけの、感覚である。

そんなことを、考えながら、猫田がついぼんやりしていると、小田島が、大きな声で、怒鳴った。

「おい、猫田。しっかりしろよ。もう戦争は始まっているんだぞ。ぼやぼやするな。ヘタをすると、われわれは、連中に、皆殺しにされるぞ」

「しかし、私には、あなたのいう敵の存在が、見えません。ですから、実感が湧かないんですが」

猫田がいうと、小田島にもう一度、どやされた。

「何をいっているんだ。やつらは、われわれのことをずっと、監視して邪魔をしているんだぞ。東金台地と、そこに掘られた洞窟に、連中は、まず、立入禁止の札を立てた。これが、連中の得意なやり口だ。金を使って、われわれの行動を、いつも邪魔するのだ」

「私には、もう一つ、不安が、あるんですが」

と、猫田が続けた。

小田島に、また、どやしつけられるかと思ったが、殴りつけられも、蹴とばされもせずに、

「いったい何が、不安なんだ？　聞いてやるから、いってみろ」

「例えば、われわれが、例の立札を無視して洞窟の中に、入っていったら、敵は、警察に、訴えるんじゃありませんか？　そうなったら、われわれの敵は、警察というこ

とになってしまうかもしれません。私は、それが、不安なんです」

猫田が、大きな声で、いったので、周りにいた人々も、一斉に、猫田の顔を見、そして、小田島を、見た。

「そんな心配は無用だ。われわれは、好んで官憲と事を構えようとするものではない。しかし、向こうが、邪魔をすれば、こちらも力と智慧で、戦うことに、やぶさかではない」

と、小田島が、拳をふりあげた。その号令に合わせて、猫田たちは、東金台地を歩き出した。敵と、埋蔵金を求めてだが、どちらもなかなか見つからないのだ。

一時間、二時間と、歩き続けた。ところどころに、横穴が掘られているのは、戦争の名残りだろう。その度に、穴の奥まで、調査である。

全員が疲れを感じ始めた時、リーダーの小田島が、猫田たちに、いった。

「お前たち、だいぶ疲れているようだな。よし、それでは、これから近くのバーに行って、勝利の祝杯をあげよう」

小田島の言葉に、全員が、呆気《あつけ》にとられた。

「まだ連中と戦争もしていませんよ。それなのに、どうして、戦勝の祝いをするのですか？」

と、猫の一人がきいた。

「今は侍の時代ではないが、現代の敵を倒すには、侍の時代の権謀術数が、必要なんだ。楠正成《くすのきまさしげ》といったって、君たちは知らないだろうが、正成のゲリラ戦だよ。だから、これからバーを借り切って、勝利の祝いをする。心配も遠慮もするな。黙って、俺について来ればいいんだ」

いいながら小田島は、さっさと東金台地を降り始めた。

何が何だか分からないままに、猫田たちも、小田島のあとに続いた。

東金市にあるバーのドアを乱暴に押し開けて入ると、小田島は、中にいた、四十代と、思われるママに向かって、

「予約でいっておいたように、今夜は、この店を借り切る。あとは、俺たちが勝手にやるから、君は、もう帰ってもいいぞ」

と、いった。

ママは、不審そうな顔をしていたが、それでも、支度をすると、そそくさと、帰っていった。

自分たちだけになると小田島は、店にあったビールやシャンパン、焼酎、ウイスキーなどを、全部カウンターに並べてから、次に、これも、用意してあったらしく、全

員に手伝わせて、段ボール箱を、バーの二階から、下におろしてきた。

「これ、何ですか？」

と、猫田が、聞くと、小田島は、

「さっきいったように、勝利の雄叫《おたけ》びを、上げるのに、必要なものだよ。開けてみれば分かるさ」

全員で堅く縛ってあった紐を解き、段ボールのふたを開けると、驚いたことに、そこには、小判や、金の細工物などが、いっぱい詰まっていた。

「里見の埋蔵金を、小田島さんは、もう見つけていたんですか？」

と、一人が、きいた。

小田島は、ニヤッと、笑って、

「ああ、二、三日前に見つけたんだ。今日は、それを、祝って、朝まで全員で飲み倒そうじゃないか」

と、いう。

ビールを飲む者もいれば、焼酎、ウイスキーを飲む者もいた。シャンパンも次々に開けられた。

猫田は、恐る恐る小判の一枚を、手に取ってみた。

（あれっ）

と、思った。

小判にしては、やたらに軽く、感触が頼りない。

（ニセ小判）

の文字が、猫田の頭の中を駈けめぐった。

猫田は、ちらりと小田島に眼をやったが、平気な顔で、小判をつかんでは、天井に向かってばら撒いている。

「全部で、どのくらい、あるんですか？」

と、猫の一人がきいた。

小田島は、大声で笑いながら、

「掘り出したのは、三万両だ」

「そんなにあるんですか」

中年の猫は、眼を丸くしている。

「それだって、たかが全埋蔵量の十分の一に過ぎないよ。埋蔵金は、まだまだどこかに眠ってるんだ。ああ、その中の三万両が見つかったんだから、今夜は徹夜で飲み倒すぞ。いくら飲んだって、せいぜい百両ぐらいのもんだ。その三百倍の金が、ここにあるんだ。安心して飲め」

と、小田島が、また、大声を出した。

猫たちの中には、猫田と同じように疑問を持った者もいたらしい。それは、顔色で分かった。

だが、リーダーの、小田島には逆らえないと思ったのか、一緒になって万歳を叫びながら、小判や金細工を、天井に投げ上げ、歓声を上げている。

落ちてきていい音がする。

飲んでいるうちに、酔いが回ってきたのだろう。全員の気持ちが、だんだん高揚してくる。

突然、二階で、物音がした。酔っぱらって騒いでいる人間には、分からなかったろうが、普段から、あまり酒を飲まない一人が、気がついて、小田島に向かって、

「今、二階で、何か、物音がしましたよ」

と、いった。柿沼《かきぬま》も小田島を見た。小田島は、ビールをラッパ飲みしながら、

「分かっているなら、すぐに、二階に行って調べてこい!」

と、怒鳴った。

柿沼と猫一人が、階段を二階に向かって上がっていった。

しかし、人の気配はない。

仕方がないので、二階の部屋を隅から隅まで調べてみると、アンテナのついた小さなマイクが見つかった。

柿沼と猫は、それを持って、一階に下りて行き、黙って、小田島に差し出すと、小田島は、そのマイクに付いているスイッチを、切ってから、ニヤッと笑った。

「連中のやることとなんか、私には、全てお見通しだよ。われわれが、騒いでいるんで、何事かと思ったんだろうが、近づくと危険だと思って、このアンテナ付きのマイクを、二階に放り込んだんだ。そうに決まっている。いいか、もう一度、スイッチを入れるから、これからは、埋蔵金を見つけたと、さらに、どんちゃん騒ぎをしろ。それを連中に、聞かせてやるんだ」

と、いって、マイクのスイッチを入れた。

猫田は、チラッと、マイクに眼をやってから、シャンパンに、手を伸ばして飲み始めた。

誰も彼もが、大声を張り上げている。そうやって飲んでいると、酔いが回るのも早いのか、一人二人と、グラスやお銚子を持ったまま、その場に、倒れていく。

猫田も、いつの間にか、酔っぱらって眠ってしまった。

2

突然、頭から水をぶっかけられて、猫田は、目を覚ました。

まだ、昨夜の酔いが、残っているのだろう。頭が重く、周りがぼんやりとしか見えない。

そのぼんやりとした猫田の目がとらえたのは、小田島が、ホースを使って、酔っぱらって寝込んでいる猫たちに向かって、水道の水をぶっかけている姿だった。

あちらこちらで悲鳴が起きた。

「何をするんですか」

と、水道のホースをつかんで、真っ赤な顔で、怒鳴っている者もいる。

それには構わずに、小田島は、一人一人を蹴飛ばしながら、笑っていた。

「猫は、水に弱いらしいな。起きろ。起きるんだ！」

目をこすりながら、全員が起きてきた。小田島は、水道のホースの代わりに、マイクを持って、今度は、怒鳴り始めた。

「何だ、お前たちは。あれぐらいの酒で、二日酔いか。だらしがないぞ。まだ埋蔵金の一部を、見つけただけじゃないか。これくらいのことで、酔っぱらってどうするんだ？　今日はまた新しい気持ちで、残りの埋蔵金を探すんだ。まだ十分の一が見つかっただけだから、残りは、あと十分の九もあるぞ。何千両、いや、何万両もあるんだ。全部を、掘り出した時には、われわれの夢が達成される。里見家が復興し、われわれの王国が完成するんだ。支度をしろ。すぐに、出発するぞ。ぼやぼやするな」

猫たちは、小田島に殴られ、蹴飛ばされ、それでも、顔を洗い、出発の、支度をした。

「おい、猫田」

着替えをしている途中で、いきなり呼ばれて、猫田は、小田島を、見た。

「お前は出かけずに、今日一日、ここにいて、宝物の見張りをしていろ。しっかり守っていろよ。ほかの人間は、もう一度、東金台地に行って、残りの、埋蔵金の発掘だ。よし、行くぞ」

小田島の指揮で、ほかの猫たちと、柿沼は出発していった。

一人残された猫田は、たちまち、不安に駈られた。バーの一階は、ニセモノの小判やニセの金細工、あるいは、仏壇に供えるおりんなどでいっぱいである。

猫田は、これがニセモノだとわかっているが、アンテナ付きのマイクで、盗聴をしている連中は、そのことには、気がついていないだろう。

本物の埋蔵金があると思って連中が、この店に突っ込んでくるかもしれない。

その時になって、これは、ニセモノだといっても、相手は、絶対に、信用しようとはしないだろう。下手をすると、一人で留守番をしている猫田は、連中に、殺されてしまうかもしれない。

猫田は、慌てて、店の表と裏の錠を下ろした。

その後で、猫田は、小田島に、連絡を取ろうと思ったのだが、なぜか、携帯が通じないのである。

(もしかすると、小田島に率いられた猫たちは、東金台地に造られた深い洞窟の中に入ってしまっていて、携帯の電波が届かないのかもしれないな)

と、猫田は、思った。

3

突然、窓ガラスに、石が当たった。

たちまち、ガラスにひびが入る。続けて二つ三つと、石が投げつけられ、そのたびに大きな音を立てて、窓ガラスに、ひびが入っていった。

連中の仕業《しわざ》であることは、すぐ分かった。こんなことをするのは、あいつらしかいないからだ。

留守番が、猫田一人しかいないのかそれを、探っているのだろう。留守番が、一人だけと分かれば、連中は、たちまち襲いかかってくるだろう。

顔を出したらたちまち、やられてしまうだろう。猫田は声を上げず、じっと様子を、うかがった。

猫田が息を潜めていると、外の物音がしなくなった。

五分ほど沈黙が続き、

（諦《あきら》めたか？）

と、猫田が、思ったその時、突然、表のドアが蹴破られて、二、三人の男が、店の中になだれ込んできた。

猫田は、まだ、昨夜の酔いが残っていて、うまく手足を動かすことができない。仕方がないので、いちばん最初に、店に飛び込んできた男に、嚙みついた。

相手が悲鳴を上げる。

それでも、屈強な男たちが、次々に店の中に入ってきた。たちまち猫田は、竹刀やステッキのようなもので殴られ、その場に、昏倒《こんとう》した。

次の瞬間、猫田は、失っていく意識の中で、制服の警官が、店に入ってくるのを、見届けることができた。

猫田が気を失った後の店内は、突然飛び込んできた男たちと、それを、待っていたかのように、店の表と裏から飛び込んできた警官の戦いになった。

男たちが抵抗を止めないと、警官隊の指揮官が、拳銃を取り出して、天井に向かって一発撃った。

鋭い銃声が、店の中に響きわたる。

「これ以上抵抗すれば、罪が重くなるぞ」

と、指揮官が、怒鳴った。

途端に、暴れていた男たちは、しゅんとなって、抵抗を、止めてしまった。一人一人に手錠がかけられ、次々に、店の外へと連れ出されていく。

その後、パトカーのサイレンの音が聞こえて、猫田は、やっと、意識をとり戻した。

ふらつきながら、猫田が外に出てみると、手錠をかけられた何人もの男たちが、数台のパトカーに押し込まれ、パトカーはサイレンを、鳴らしながら走り去っていった。

た。

　男たちは全員で十五、六人はいただろう。それが警察官によって一掃されると、猫田は、その場にへなへなと、崩れ落ちて、深いため息をついた。

　その後、小田島たちが、いつの間にか戻ってきて、猫田をびっくりさせた。

　訳が分からずに、猫田が、呆然としていると、小田島は、店の中に、戻っていった。それに続いて、ほかの猫たちも次々と店の中に入ってきた。

「どうしたんです？　いったい、何があったんですか？」

　猫田が、とぼけた質問をすると、小田島は、いかにも、満足そうな顔をして、

「いいか、これこそが楠正成の策略だ。連中が、われわれのワナに、まんまと、引っかかったのさ」

　猫田が、まだぼんやりとした様子で座っていると、迎え酒だと称して、小田島に、強引に酒を飲まされた。猫田は、それで、何とか、気を取り直して、

「よく分かるように説明してください。いったい何が、あったんですか？」

　もう一度、小田島に、同じことを、聞いた。

「だから、今いったじゃないか。楠正成の戦法だ。それで、分からなければ、孫子《そんし》の兵法だよ」

「どういうことですか？」

「君一人だけを、この店に残して、われわれは東金台地に、向かうふりをしたんだ。実際には、東金台地には行っていない。この近くでじっと待機していたんだ。昨日の埋蔵金発見騒ぎで、連中は、この近くにじっと潜んで、本当の埋蔵金なのかどうかを、知ろうとするだろう。だから、君一人を残して、出発すれば、連中は一斉に、店になだれ込んでくるはずだ。おそらく、そうなるだろうと思ったから、前もって東金警察署に行って、話をつけておいたのだ。黄金が見つかったので、絶対に、それを盗みに来る人間が、いるはずだ。そういう人間が、現れたら、一人残らず逮捕してくれ。そういって、頼んでおいたんだ。これがまんまと、成功したというわけだ。君は一人で心細かったかもしれないが、よくやった。今日のところは、誉めてやるよ。今日警察に捕まった人間は、おそらく十五、六人はいただろう。だとすれば、これで、連中の三分の一は、留置所に入ることになる。連中も、しばらくは、大人しくしているしかないだろう。そこを、われわれのほうから、堂々と戦争を仕掛けてやる。孫子に曰《いわ》く、兵は詭道《きどう》なりだ」

「何ですか？」

「戦いは、欺《だま》し合いということだ」

「ちょっと待ってください」

猫田が、弱々しい声を上げた。

「何だ？　今日の君の任務は、全て終わったのだから、何もいわずに、大人しくしていろ。疲れたんなら、先に寝ても構わないぞ」

と、小田島が、いう。

「しかしですね、ここにあるのは、全部ニセモノでしょう？　警察が、調べに来たら、どうするんですか？　これじゃあ、いいわけできませんよ」

猫田が、いうと、小田島は、笑って、

「何だ、そんなことか。つまらない心配なんかするな」

と、いいながら、床に、ばら撒かれている品物の中から五、六品を選んで、それを段ボールの中に、入れていった。

「もし、警察が調べに来たら、この段ボールをそのまま、渡せばいい。ここに入っているのは、全部本物の、金製品だからな。いくら調べられても、大丈夫だ」

と、小田島が、いう。

「本物も、混ざっていたんですか？」

猫田が驚くと、

「ああ、これ全て、孫子の兵法だよ。全部ニセモノだったら、君がいうように、こっちが警察に、逮捕されてしまうかもしれない。だから、本物も、混ぜておいたんだ。これだけ買い揃えるとなると、もちろん、かなりの金額になるが、これも必要な戦費だと考えれば、安いものだ。どうだ、分かったか？　分かったら、君はもう寝ろ」

と、小田島が、いった。

五、六時間もたったろうか。

全員で、出前をとって、昼食をすませた。それでも猫たちは、落ち着かなかった。

ふいに、表のドアを叩く音がしたので、猫田がドアを開けてみると、そこに制服姿の警官が二人、立っていた。

今度は、小田島の代わりに、香里《かおり》が、応対した。メス猫の方が、警察の態度もやわらぐと小田島が読んだのだろう。

二人の警官は、香里に向かって、丁寧《ていねい》に警察手帳を見せて、

「こちらに侵入して暴れていた連中は、一人残らず逮捕して、今、取り調べています。あれだけ、暴れたんですからね、しばらくは留置場から、出られないでしょう。そこで、われわれとしては、ここにある品物が本物であるかどうかを調べなくてはなりません。それで、こちらに伺ったのです。というのは、逮捕した連中の中に、あそ

こに置いてある品物は全部ニセモノだ。本物の金じゃないという者がいましてね。ちゃんと調べてみろといってきかないのです。もちろん、そんなバカなことはないと思うのですが、念のために、調べさせていただきたいのです」

と、警官の一人が、いった。

香里が、猫田たちに手伝わせて、段ボールに入ったものを、二人の警官の前に置いた。もちろん、これは、さっき、小田島が本物だけを選んで入れて、準備しておいた段ボールである。

警官の一人が、

「私たちはこれから、この小判や細工物が本物かどうか、それを調べなくてはなりません。そこで、そのうちの五分の一ほどを、こちらの段ボールのほうに移し替えますので、それを署に持ち帰って調べても構いませんか？　もちろん、調べが終わったら、すぐにお返しに来ます」

「ええ、もちろん、持っていってくださって結構ですよ。お好きなように、調べてください。できれば、その時に、金の純度も調べていただければ、ありがたいのですが」

香里は、少し上目使いに、二人の警官を見て、いった。

警官は、彼女の、上目使いが気に入った様子で、

「それでは、この分だけ、持ち帰って調べます。金の純度も、ついでに調べて、後でご報告しますよ」

と、段ボールを、抱えて帰っていった。

警官の姿が見えなくなると、もう一人の猫が、

「これから、われわれは、どうしたらいいんですか？」

と、小田島に、きいた。

「さっきの警官がいっていたじゃないか。逮捕した連中は、しばらくの間、留置場に入れておくって。その間に、われわれは次の作戦に移るんだ」

一時間ほどして、東金警察署から電話が入った。さっき、段ボールを、持っていった警官の一人らしい。

「先ほどは、ご協力、ありがとうございました。お預かりした品物をこちらに持ち帰って、調べましたところ、小判や細工物など全てが、本物の金細工であることが、判明しました。なお、ほとんどが二十四金で、本物であることに、間違いはありません」

と、警官が、いう。

それに対して、小田島が、

「こちらでも、残りの品物を、全部調べましたところ、そちらと同じように、本物の金であり、そのほとんどが、二十四金であることが分かりました。これで、ホッといたしました。ありがとうございます」

と、丁寧に、応対した。

「問題は、次の作戦ですね。これからは、連中も油断しないでしょうから」

と、香里が、いった。

それを受けて、小田島が、自分の考えを、猫田たちに伝えた。

「連中のうちの十五、六人が、逮捕されたことで、連中の力も、弱まっているし、これでしばらくは、連中も無茶な動きはしないだろう。その間に、われわれは、なるたけ早く目的を、達成するよう、今以上に、作業を進めていくことにする」

「ニセモノの小判や細工物などは、どうするんですか？」

と、猫が、きく。

「もう一度、東金台地に行き、あのニセモノの金細工は全て、洞窟に隠しておく。もう一つ、里見家の埋蔵金は、一部が、発見されたと伝えられている。発見者は、おそらく、連中だろう。彼等以外に、里見家の埋蔵金に、興味を持ち、存在を、信じている者はいないだろうからね。そこで、われわれは、連中が、大人しくしている間に、連中が掘りだした埋蔵金を見つけ出して、そっくりいただいてしまおうと思っている」

「それは、三つの目的の一つでしょう？　他の二つは、どうするんですか？」

と、猫田が、きいた。

「確かに目的は、前にもいったように三つだ。それを達成するために全員でやっていたのだが、あまりに時間がかかりすぎていた。幸い、連中の多くが逮捕されたので、しばらくは大人しくしているだろうから、その間に、われわれは手分けをして、短期間に三つの目的を達成したいと思っている。まず、第一の願いである姫君の子孫を、探すことだが、これは女性の香里君にやってもらう。第二の願いは戦争中の鉄道第二連隊の名誉を、回復することだ。私は若い頃、この鉄道第二連隊にいたことがあるから、この仕事は私がやるので、猫田に、手伝ってもらおう。君はまだ、われわれの仕事に十分慣れているとはいえないので、仕事をしながら、私が、君を鍛え上げる。あとの人間いや猫たちは全員で、三つ目の願いである、里見埋蔵金の発見に全力を挙げてくれ。里見埋蔵金が、東金台地のどこかに、あることは、間違いないんだ。見つかったら、すぐ、連絡をしてくれ。では始めよう」

小田島は、立ち上がると、猫田を従えて、店から出た。

猫田が慌てて、小田島の後を、追いかけながら、

「鉄道第二連隊の名誉を、回復するというのは、具体的には、どういうことをすれば、いいんですか？」

と、きいた。

「遺骨の収集だよ」

と、小田島が、あっさりと、いう。

「太平洋戦争の末期、鉄道第一連隊と、私のいた鉄道第二連隊には、房総《ぼうそう》地区の防衛が命ぜられた。具体的に、防衛をどうするのか、アメリカ軍の攻撃をどうやって、阻止するのかが議論され、戦略が協議された。その時、私たちは東金台地の地盤が、堅牢であること、そして、一見低く見えるが、二十メートル以上の高さが、あることから、予定されていた九十九里浜《くじゅうくりはま》の海岸に、陣地を造る代わりに、少し内陸に入った東金台地に、防衛陣地を造ることを提案したんだ。そのほうが守り易いからだ。しかし、頭の固い参謀本部の連中は、あくまでも、九十九里浜の長い海岸に、陣地を造って、水際でアメリカ軍を、食い止める計画を主張して譲らなかった。結局、鉄道連隊は、九十九里浜の海岸に陣地を造る仕事をやらされたのだが、これでは、本土決戦に

なったらアメリカ軍の上陸を防ぐことはできないだろう。制空権も制海権もなくて、海岸に防衛線を敷いたら、爆撃と艦砲射撃で全滅する。そう思って、時間が空くと、東金台地に陣地を造りに行っていた。それに対して、陸軍参謀本部は、激怒して、ある時、君たちがそこまで、いうのであれば、東金台地を調べに行こうではないかといって、鉄道連隊の五人を、引き連れて、陸軍参謀本部のお偉方が、東金台地に出かけた。ところが、参謀本部のお偉方は、戻ってきたが、一緒に行ったはずのわれわれの仲間である、鉄道連隊の五人が帰ってこない。われわれが、参謀本部のお偉方に、私たちの仲間は、どうしたんですかと聞くと、ヤツらは、途中で、われわれに反抗して、姿を消してしまったといった。そんな連中の計画は信用できないといった。結局、陸軍参謀本部は、九十九里浜の海岸線に陣地を造る計画を変えないで、海岸に陣地を造らせたんだ。われわれは、消えてしまった仲間を、探したが、とうとう一人も、見つからないうちに、戦争が終わってしまった。参謀本部の、お偉方は、われわれの仲間は、本土決戦が怖くて逃亡したといったが、そんなことはあり得ない。彼らは、陸軍参謀本部に、命を奪われたのだ。そうに決まっている。そこでこれから、前にもやったが、陸軍参謀本部の計画の愚かさを調べ、同時に、今から、七十年前に消えてしまったわれわれの仲間を、探すんだ。もし見つかれば、われわれの仲間は、すでに、白骨となっているだろう。だから、遺骨収集になる。その覚悟で、俺についてこい」

と、小田島が、いった。

まず、九十九里浜の海岸線に、戦時中、参謀本部が、兵士や民間人を、集めて造らせた砲台やトーチカなどを調べることにした。

たしかに、その残りは、見つかった。

砂に埋もれてしまったトーチカ、あるいは、コンクリートの台だけが残っている大砲陣地など戦争の遺構を、小田島の命令で、猫田が、写真に撮りまくった。

たしかに、海岸線に、防衛陣地を造っても、アメリカ軍の徹底的な、空爆や艦砲射撃を受ければ、簡単に飛び散ってしまうだろう。

戦争を知らない猫田でも、そのくらいのことは、写真を撮っていれば、分かる。

もし、あのまま、戦争が続いて、アメリカ軍が九十九里浜に上陸してきたら、海岸線に防衛陣地を敷いていた兵士たちは、たちまちのうちに全滅しているだろう。水際で、アメリカ軍を海に追い落とすのは、所詮は夢だったのだ。

その後、東金の町で昼食を取ってから、昨日と同じように、二人は東金台地に入っていった。

しかし、日が暮れても、何も見つからなかった。

すると、小田島が、

「今日は、ここにテントを張って、眠ることにする」

と、いい出した。

「店には、戻らないんですか？」

「そんな時間はない」

と、ぴしゃりといわれてしまった。

持ってきたテントを張り、猫田は、小田島と一緒に、眠った。

翌日も二人は朝早く起き、東金台地の中を探して歩いた。

それは、誰かほかの者が見れば、さ迷っているとしか見えなかったろう。何といっても、八十八歳の老人と、運動神経の鈍そうな猫田のコンビだからである。どう見ても、使命を持って何かを探し求めているようには、見えなかったろう。

二人は、今日も昨日と同じように、一日中、東金台地の森の中を探し回ったが、結局、何も、見つからなかった。

こちらに来る前に、コンビニでカップ麺や、インスタント食品などを買い込んで、持ってきていたので、二日目の夜も、二人は、同じテントで、並んで眠った。

三日目も出だしは同じだった。

東金台地のどこを探しても、これといった収穫を得ることは、できなかった。

「何もありませんね。本当に、何か、見つかるんですか？」

と、つい、猫田は、小田島に向かって、文句をいった。

この猫田の一言に、小田島は、かっとなったらしい。

「私は、もう八十八歳だ。おそらく、この仕事をやっている間に、死ぬことになるだろう。君は、私の遺志を継いで、この東金台地のどこかに私を埋めてから、私に代わって探すんだ。この東金台地のどこかに、絶対に仲間五人の遺骨が眠っているはずだ。だから、諦めずに、探し出してくれ。これが私の、最後の頼みだ」

「しかし、私は、小田島さんとは違って、戦後の生まれですよ」

「戦後の生まれ？　それがどうしたというんだ？　いいか、この作業には、君の名誉も、かかっているんだぞ。生まれてから今までずっと、君は、猫田という名前からネコ、ネコといわれて、からかわれてきたはずだ。違うか？」

「ええ、その通りです。名前のせいで、イヤな思いも、ずいぶんしてきましたよ」

「君の先祖は、里見家の、立派な侍だった。その名誉を、君自身の手で、回復するんだ。お前がなまけて、何もしなかったら幽霊になって出てきて、お前を、絞め殺してやるぞ」

と、小田島が、いった。

「猫田家の名誉か」

猫田は、小さく、つぶやいてみた。

たしかに、子供の頃から、ネコ、ネコといわれ、いじめられて過ごしてきた。猫田という名前が、面白かったからというだけではないだろう。猫田が、何も、持っていなかったからである。

猫田は毎日のように、どこかで、飲んだくれて、ケンカをしては、警察に捕まっていた。自分でも、一人前の、ちゃんとした人間では、なかったと思う。だからこそ、周囲の人間が、ネコ、ネコといって、猫田のことを、からかったに違いないのだ。

小田島に毎日のように、叱られていると、次第に、猫田は、名誉を、回復しようという気に、なってきた。

しかし埋蔵金は、なかなか見つからないらしく、一向に、連絡がこない。

里見家の姫君の子孫を、探すグループからは、それらしい女性を、見つけたという連絡が、入ってきた。

連日東金台地を歩く。洞窟を、発見すると、中に入っていく。何日目かに、小田島が、足を滑らせて、洞窟の中に、落ちてしまった。

何とか、助け出したが、小田島は、ケガをしたらしく、肩を押さえて、うなっていた。

「大丈夫ですか？　一人で動けますか？」

と、猫田が、慌てて、救急車を呼ぼうとすると、

「バカなことをするな。救急車なんて、呼ばんでいい」

と、小田島に、一喝された。

「人間には、誰だって、寿命というものがあるんだ。私は今まで、寿命よりも、長く生きてきた。生きている間に、何とかして、鉄道連隊の名誉を、回復したいと思っていたんだが、今日、うっかり足を滑らせて、洞窟の底まで、落ちてしまった。肩をケガしたらしい。しかし、おかげで、これを、持ってくることができた。おい、これを見てみろ」

小田島は、手につかんでいたものを、突き出して見せた。

「何ですか？」

と、猫田が、のぞき込む。

それは鉄甲《てつかぶと》だった。

錆びついて、ところどころが欠けた、古びた、鉄甲である。

「ずいぶん古いようですが、それが大事なものなんですか?」

と、猫田が、きいた。

「いいか、この鉄甲の裏を、よく見てみろ。薄くなってはいるが、名前が書いてあるだろう?」

「本当ですね。たしかに、何か、書いてありますよ」

「よく見れば、中根《なかね》と読めるはずだ。戦争中、私は、鉄道連隊という部隊にいたのだが、その仲間の中に、中根という名前の男がいたんだ。もし、これが、その中根がかぶっていた鉄甲ならば、この洞窟の中か、あるいは、その近くに、彼の遺骨が眠っているということになるはずだ。何としてでも、見つけ出して、供養してやりたい。それが残された、私の任務だからな」

小田島が、強い口調で、いった。

第六章　友の形見

1

ケガをしてからの、小田島《おだじま》は、猫田《ねこた》たちが心配するのをよそに、逆に一人、獅子奮《ししふん》迅《じん》の働きを見せた。とにかく、戦争中の戦友中根《なかね》のものと思える遺品が見つかったことで、異常なほど興奮している感じだった。

猫田の目に映る、小田島の様子は、普通ではなかった。

戦友だというが、すでに死亡しているのである。それも、七十年も前にである。

それなのに、どうして、これほど、喜べるのか。

小田島の方は、ひとり感激しまくっては、

「中根の遺品が見つかったということは、おそらく、この近くに、彼の遺骨も眠っている筈だ。何とかして、それを早く見つけて、手厚く弔《とむら》ってやりたい。だから、お前たちも、一生懸命、頑張って探してくれ」

と、いって、猫田たちにハッパをかけるのだ。

それに対して、最初こそ、一緒に興奮して、小田島に協力していた猫田たちだったが、そのうちに、おかしくなった。突然、反乱が起きたのだ。それは、小田島と一緒に、行動をするようになってから初めての反乱だった。

猫田たちは、これまで、リーダーの小田島から、

「お前たちは昔、里見《さとみ》家に仕えていた、猫の名字をつけていた家臣たちの子孫である。侍だったという名誉にかけて、がんばるんだ」

と、ハッパをかけられて、その気になっていたのだが、ここにきて、おかしくなったのだ。

反乱のリーダーは、小田島によって、君の先祖は、かつて、里見家に仕えていた猫《ねこ》毛《げ》久太郎満正《きゆうたろうみつまさ》であるといわれていた小笠原《おがさわら》だった。

小笠原は、小田島に向かって、こう、抗議した。

「私たちは、あなたから、君たちの先祖は里見家に仕えた、猫の字を名字に持つ家臣だと教えられました。それを知って嬉しかった。だから里見家の復興を果たすとか、

里見家の埋蔵金を探すことは苦労ではなく、喜びです。しかし、現在小田島さんが、やろうとしていることは、違います。あなたは戦争中、千葉県にあった鉄道第一連隊と第二連隊の隊員の遺骨を探すことに熱中しています。しかも、ただ遺骨を探すだけではありません。戦争末期、本土決戦を危惧していた大本営のお偉方が、小田島さんの所属していた鉄道第二連隊の仲間を、防衛方針が違うといって、殺害したに違いない。その証拠を、見つけ出そうと、あなたはいう。私が調べたところ、戦争末期、ここに、鉄道第一連隊と第二連隊があったことは、間違いない事実です。しかし、そのうちの五人が、大本営の裏切りによって、殺害されたという事実は、どこを探しても見つけることが、できませんでした。これは考えるに、小田島さんは当時、鉄道第二連隊にいて、同じ連隊に中根という仲のいい戦友がいました。その戦友が、戦争の末期、本土決戦の防衛陣地の建設を、やっている時に、事故にでもあって行方不明になってしまったのでしょう。だから、その遺骨を探し出したいと考え、そのために私たちを、本土決戦の亡霊で脅《おど》かしたり、里見家の埋蔵金で釣って、手伝わそうとしているんですよ。しかし、私にいわせれば、それは、あなたの個人的な仕事を手伝わされているにすぎないのです。それを考えると、もはやこれ以上、あなたの命令を受けることは、断固としてお断りします。これは、私一人ではなく、全員の考えです」

と、小笠原は、いい、猫田たちも、それに賛成した。

猫田自身は、小田島の考えや、やり方に反対というよりも、疲れてしまったのである。

「お前たちは、いったい何をいっているんだ？　私には、理解ができん」

小田島は、猫田たちの反乱に最初は、激怒していたが、最後には、泣き落としにかかった。

「これを見てくれ」

小田島は、ポケットから、古い戦争中の写真を取り出すと、猫田たちに見せた。

そこに写っているのは、十代の兵士二人の姿だった。

片方は、明らかに、十代の小田島であり、もう一人は、小田島が、探し出したいと願っている中根という戦友に違いなかった。

小田島は、その写真を、必死になって小笠原や猫田たちに見せて歩いた。

「これが、私と中根勝之《かつゆき》だ。二人は、千葉県にあった陸軍鉄道連隊に配属された。そして、昭和二十年の十八歳の時までずっと、一緒だった。私にとって、中根は、ただの戦友じゃない。私の命の恩人なのだ。たしか昭和二十年の二月十六日だったと思うが、アメリカ軍の艦載機が百機以上もやって来て、千葉県の九十九里浜《くじゅうくりはま》や、館山《たてやま》を攻撃してきた。その時、警報が鳴っているにもかかわらず、私は疲れ切って宿舎で寝込んでしまっていたんだ。もし、あのまま寝ていたら、間違いなく、私は、十八歳で死んでいただろう。そんな私を、中根が、叩き起こして引きずるようにして防空壕まで、連れていってくれたんだ。だから、私は命を落とさず、八十八歳になった今でも、こうして、生きている。だから、今も、いったように、彼は、私の命の恩人なのだ。その中根が、千葉県の海岸のトーチカ、あるいは砲台の建設中に行方不明になってしまった。私は何とかして、彼の亡骸《なきがら》を見つけ出してやりたい。私には、そうしなければいけない義務があるんだ。だから、助けてほしい。私に、君たちの力を貸してほしいんだ」

小田島は、珍しく、猫田たちに、頭を下げた。

小笠原は、それに対しても強く反発した。

「さっきもいったように、戦争末期、鉄道連隊の人たちが、突然、亡くなったということを証明する資料は、いくら探しても何一つ見つからなかったんですよ。それに、あなたは、鉄道第二連隊の五人が、行方不明になったといいました。間違いありませんよね？」

と、小笠原が、質問した。

さらに、小笠原は、こんなことも付け加えた。

「今、小田島さんが持ってきた写真を見る限り、そこに写っている二人とも、若く見えます。特に、中根さんは、美少年で、少女のようにさえ見えます。私は以前、戦争を体験した祖父に、こんな話を、聞いたことがあります。戦地で男だけの団体生活をしていると、どうしても、今でいう同性愛の関係が、戦友たちの間に、生まれてしまう。特に十代から二十代初めの若い頃には、男も、十分に美しい。だから、同性愛が、自然に生まれてしまうのだ。祖父は、私に、そんな話を、していました。写真に写っているあなたと中根さんという戦友も、実は、そういう関係にあったのではありませんか？　同性愛、昔の言葉でいえば、稚児さん関係というんですかね、そうだったんじゃありませんか？　だから、あなたは、いまだに、中根勝之という戦友のことが、忘れられないでいるんじゃありませんか？　どうですか、違いますか？　もし、私たちが、あなたの、そんな個人的な理由で、働かされているのだとしたら、これ以上、あなたに、協力するのは、真っ平ごめんです。最初、ここにいる全員が、あなたから、お前たちの先祖は、里見家の家臣だったと教えられました。だから、里見家の埋蔵金を探したり、里見家の復興のために働くのは、一向に構いませんが、戦争中のあなたひとりのつまらない意地とか、個人的な趣味で、働かされるのは、我慢ができません。第一、ここにいるわれわれ全員が、あなたとは違って、戦争の体験者じゃないんですよ」

と、小笠原が、いった。

それを、黙って聞いていた小田島は、突然、猫たちに向かって土下座をし、頭を下げた。

「鉄道連隊の五人が、欺されて殺されたというのは、たしかに、事実ではない。柿沼の作り話だ。私が、そう話をするよう、お願いをした。それについては、君たちに謝る。しかし、当時、陸軍鉄道第一連隊と第二連隊の幹部は、何回も話したように、上陸してくるアメリカ軍に対して、防衛陣地を造るならば、海岸ではなく、東金《とうがね》台地に造るべきだ。東金台地でなければ、造る意味がないと主張した。そして、九十九里浜の海岸陣地を主張する大本営のお偉方とケンカになった。これは、本当のことだ。しかし、軍隊、それも特に昔の軍隊は上意下達といって、上から、あるいは中央からの命令には、下の人間は絶対に従わなくてはならなかった。反抗することは、絶対に許されなかったんだ。だから、われわれ鉄道第二連隊は一応、大本営の命令に従って、海岸線に防衛陣地を造っているふりをしながら、鉄道第一連隊と第二連隊の兵士の中から、毎日十人から二十人を、密かに選んで、自分たちの考えに従って、東金台地に地下壕を掘っていた。これは間違いなく、本当の話なんだ。ところが、その地下壕で、爆発が起きて、作業をしていた何人かの兵士が生き埋めになってしまった。その中に、私の戦友だった、中根もいたんだ。今から思えば、私と中根との間に、いわゆる稚児関係があったかもしれない。私は、今日初めて、君たちに告白するが、小柄で、色が白く、美少年だった中根勝之のことが、大好きだった。今でも、当時のことを思い出すと、想像上の中根に対して似たような感情が湧いてくる。だから、どうしても、彼の遺骨を探したい。その気持ちは、ウソ偽りなく本当だ。これだけははっきりいっておくが、里見家の埋蔵金の話も本当だ。ただ、その前に、東金台地に、われわれ鉄道第二連隊が掘った地下壕を見つけ出してほしい。その頃から、里見家の埋蔵金の話は有名で、われわれ鉄道第二連隊が掘り進んでいた地下壕の近くに、その埋蔵金が埋まっているんじゃないかという噂もあったんだ。先日見つけた地下壕の近くにあることは、絶対に間違いないんだ。だから、まず、その地下壕を見つけ出してほしい。頼む。その後、里見家の埋蔵金を、みんなで見つけようじゃないか。お願いする」

小田島は、土下座をしたまま、何回も猫田や小笠原たちに、向かって、頭を下げ続けた。

しかし、小笠原たちは猫田も含めて、簡単には、小田島の願いを受け入れようとはしなかった。

しばらくして、小笠原が、いった。

「私は、今三十五歳です。ここにいる仲間たちも、みな、二十代から三十代の人間ばかりです。小田島さん、われわれは、戦争を、まったく知らない世代なんですよ。だから、本土防衛がどうしたとか、本土防衛のための防衛陣地をどこに造るかで、モメたという話よりも、何百年も前の遠い過去の里見家の埋蔵金の話のほうが、逆に現実感があるんですよ。そのことが、あなたには、分かっていない」

2

意見が出尽くして、というより小田島と小笠原二人の主張の戦いが続いて全員が、小田島の指示に従わなくなった。

それでも、小田島は、負傷した肩を、押さえながら、先日見つけた地下壕の中に、一人でもぐっていき、シャベルで掘り進んだり、爆薬を仕掛けたりしていた。

数日後、宿舎で寝込んでいた猫田たちは、突然、地下壕のほうから響いてきた、地鳴りに似た轟音《ごうおん》に、驚かされた。

反乱を起こしていたが、猫田たちは、別に小田島が憎いわけではない。心配していたから、傍《そば》にいたのである。

びっくりした猫田たちは、何かあったのかを知ろうとして、地下壕のほうに、急いで走っていった。

現場が、近くなるにつれて、白煙が立ち上っているのが見えた。明らかに、小田島が、爆破に失敗してしまったのだ。

幸いなことに、小田島たった一人の作業だったから、掘り進んでいた深さもまだ浅かったし、使用していたダイナマイトの量も、少量だった。そのため、猫田たちは、穴の奥で倒れている小田島を、簡単に見つけることができた。

猫田たちは、必死になって瓦礫《がれき》を取り除き、そこに埋もれていた小田島を助け出した。この時は、小笠原が、最初に、穴に飛び込んでいった。

小田島は、顔や足から血を流しながらも、意識はしっかりしていて、大きな声で叫んでいた。

「とうとう発見したぞ。やったぞ。ついに見つけたぞ」

しかし、猫田たちには、小田島が、何を見つけたのか分からなかった。

とにかく、小田島の体を宿舎まで運び、そこに寝かせておいてから、小笠原をはじめとした猫たちは、全員で地下壕の中の瓦礫の撤去に全力を尽くした。

その途中で、突然、前方に、直径一メートルくらいの穴が見えた。その穴から、こちらに向かって、風が吹いてきた。冷たい湿った風である。

「小田島さんが、見つけたと、叫んでいたのは、この穴だったんだ」

と、小笠原が、いった。

最初、その穴が、何なのか、わからなかった。

小田島は、興奮していたが、猫田たちは、冷たく見ていた。洞窟の壁に穴があいただけだろうという者もいたし、小田島に変な夢を見させないために埋めてしまえという者までいた。

それでも、穴の向こうに、何があるのか見たいという声が多かったので、とにかく、穴を広げることにした。

何人かが穴を広げ、懐中電灯で、その暗い穴に光を向けた。穴の向こうが、急に明るくなり、そこに、鉄筋コンクリートで造られた巨大な地下壕が見えてきた。思わず、歓声があがった。

一人二人と懐中電灯を持って、その穴に入っていった。その中には、猫田と小笠原もいた。

地下壕には、コンクリートで固めた高さ二・五メートルほどの天井があった。壁もコンクリートで固めてあった。どうやら、巨大な地下要塞にぶつかったらしい。

懐中電灯で照らすと、その通路がまっすぐ延びていて、その向こうから冷たい空気が流れてくるのである。通路の先に入り口があるのだろう。

地下通路の空気は、湿っている。床も湿っている。ただ、コンクリートの床には、レールが、敷かれていた。

「おそらく、戦争中に、鉄道連隊が敷いた線路だろう」

と、誰かが、いった。

本土決戦に備えて造られた、当時の地下壕が、日本各地で発見されている。

しかし、今までに発見された地下壕と、今、猫田たちの目の前にある地下壕は、大きく違っていた。

それは線路だった。地下壕の、コンクリートで固めた長い通路に線路が敷かれていることで、戦争末期、千葉県にいた陸軍鉄道第一連隊と第二連隊が、造ったものだろうと、推測することが出来る。

線路が敷かれているだけ、今までの地下壕に比べて広く、地下要塞の感じがあった。

　少なくとも、この地下要塞では兵士は歩いて移動するのではなく、車両に乗って、移動したのだ。

　ところどころ天井から水滴が垂れてきていた。それでも猫田も小笠原も、新しい地下壕の発見に興奮していた。

　誰かが、

「地下要塞だ！」

　と、叫び、それからは、誰もが、要塞とか地下司令部と呼ぶようになった。

　コンクリートで固めた天井には、電灯の笠が取り付けてあったが、もちろん電球は切れていて、電気が通っているという感じはしなかった。

　レールの敷かれた通路を歩いていくと、突然、目の前が明るくなった。

　そこが第一の入り口だった。鉄の扉が壊れてねじ曲がっていて、そこから光が入ってきているのである。

3

猫田たちは必死になって、発見された地下要塞の全貌を知ろうとした。

何人かがデジカメとビデオカメラを持って地下におりていき、床や天井、壁などを懐中電灯で照らしながら写真に撮り、ビデオに録画していった。

歩いていくと、通路が二方向にも三方向にも分かれている場所にぶつかる。

錆びついた鉄の扉を開けると、腐った木の机があり、その上に、いかにも古めかしい通信機器が置かれているのが見つかった。

どうやら、ここは巨大な司令部に違いなかった。

アメリカ軍の九十九里浜への上陸に備えて、大本営のほうは、海岸線にトーチカや砲台を造らせていたのだが、鉄道連隊の兵士や技術者たちは、密かに、この巨大な地下司令部を造り、この中で着々と自らが信じる、東金台地の防衛陣地を構築していたのだろう。

猫田たちが、作業に疲れて宿舎に戻ると、それを待っていた小田島が、興奮して起き上がり、猫田たちが撮ってきた写真やビデオを見せろと、せがんだ。

まず画像をカメラの液晶画面で、小田島に見せる。

その後、今度はビデオの上映だった。宿舎のテレビにつないで、巨大な地下司令部の床や、そこに敷かれた線路、さらには壁や天井などが次々に映されていった。

小田島は、その一つ一つを見逃すまいとして、食い入るように画面を見つめている。

その横から、小笠原が、

「ほかの地下壕と違うのは、床にレールが敷かれていることですよ。おそらく、あの地下壕には、小さな機関車を入れておくつもりだったのではないかと思います。ただ、その機関車は、まだ発見されていませんが、もう少し探してみれば、見つかると思いますよ」

と、いった。いつの間にか、二人の間にあったわだかまりは消えてしまったらしい。

小田島は、手を振って、

「いや、たぶん、機関車は見つからない。巨大な地下壕があることは知っていたし、その長い通路の移動には、当時、陸軍鉄道第二連隊が持っていた小さな機関車を使うことになっていたのだが、おそらく、機関車を入れる前に戦争が終わってしまったんだろうと思うね」

「それから、地下要塞の建設に当たっていた鉄道連隊の人たちの遺骨も、まだ見つかっていません。おそらく、地下のどこかにあると思いますね。あれは、誰かが突然、理由があって破壊してしまったのか、あるいは、アメリカ軍の爆撃や艦砲射撃で入り口が壊されてしまったのか、そのどちらかだろうと思いますよ」

と、小笠原が、いった。

「とにかく、私は、あの地下司令部のすべてが見たいんだ」

と、小田島が、叫んだ。

立ち上がろうとするが、右足を負傷していて、よろめいた。

それを見て、猫柳《ねこやなぎ》あかねが、笑った。

「明日になったら、車椅子で連れていってあげますよ」

と、あかねが、いった。

「必ず連れていけよ」

と、小田島が、怒鳴った。

4

翌日、車椅子が用意され、小田島をそれに乗せて、全員で昨日新たに発見された地下司令部を、見に出かけた。

小田島は、昨日と同じように、一人で興奮していた。

今日は、電池の入った強力なライトをいくつも用意してきて、それを地下通路のところどころに置いていった。

「小田島さんは戦時中、鉄道第二連隊にいた時、この地下通路に入ったことがあったんですか？」

と、小笠原が、きいた。

「いや、ない。ただ、入り口付近を一度だけだが、見せてもらったことがある。しかし、当時の私は中根と同じ新兵で、士官ではなかったから、全部は見せてもらえなかったんだ」

小田島は、いい、小笠原に向かって、

「中根は、新兵だったが、連隊長の当番兵でも、あったんだ。だから、時々、連隊長と一緒に、この地下壕にも来ていたはずなんだよ。だとすれば、中根が、ここで、死んだとしても、おかしくないんだ」

と、小田島が、いった。

少しずつ、地下司令部の全貌が明らかになっていった。

錆びついた鉄の扉を、一枚ずつこじ開けていく。そのたびに、作戦室だったのではないかと思われる新しい部屋が見つかり、兵士たちが待機していたらしい部屋も見つかった。

倉庫と思われる部屋には、明らかに機関車の車輪と分かる部品が、見つかり、その時猫田たちはなぜか、ほっとしたのである。

今日も昨日と同じように写真やビデオを撮り、壊れた通信機器を部屋から出して、広間に運んでいった。

夕方近くなって、猫田たちは通路の奥のほうに、兵士たちの待機場所と思われる場所を見つけ、そこに何体かの遺骨を発見した。コンクリートの天井が、そこだけ潰れていたから、爆撃で、直撃弾を受けたのかも知れない。

瓦礫の中から、ここで死んだと思われる兵士たちの手帳なども見つかった。その中から、小田島は、見つけたいと思っていた戦友、中根勝之の手帳も見つけ出した。

その待機部屋では、ほかにも、十五、六人の遺骨も見つかった。おそらく、この地下要塞の建設に当たっていた鉄道連隊に所属していた兵士たちが、ここで休憩していたのだろう。その時、アメリカ軍の爆弾が頭上に落ちてきて、天井がこわれ、休憩していた兵士たちは、全員死んだに違いなかった。

それでもなお、猫田や小笠原たちは、この地下壕の全貌をつかもうとして、地下通路を歩き回っていた。

ただ、小田島だけは、懐中電灯の光の中で、戦友、中根勝之の手帳に釘づけになっていた。

5

地上に出ると、誰もが一様に、ホッとため息をついた。何といっても、地下は蒸し暑く、カビっぽく、そして、空気が湿っていた。

ようやく戦友、中根の手帳を読み終わった車椅子の小田島に向かって、小笠原が、いった。

「これから、この地下要塞というか、地下司令部をどうしたらいいと、小田島さんは、思いますか？　今年は戦後七十年、ちょうど節目の年ですから、黙って自分たちだけでということはできないのではありませんか？　それに、われわれの敵も、この地下要塞を懸命に探していると思いますよ。それなら一刻も早くマスコミに発表して、その存在を世間に公表してしまったほうがいいかもしれません。連中も、この東金台地の至るところを買い取って、自分たちで管理しようと狙っているようですから」

しかし、小田島は、まだ小笠原の言葉に答えることができないほど、戦友、中根勝之の手帳にあった言葉に興奮し続けているようだった。

しばらくして、やっと、小田島が、小笠原に、

「マスコミに邪魔をされたくないんだ。何とかして、この東金台地の地下に眠っていた巨大な地下司令部を、自分の手で明らかにしていきたい。今の私が願っているのは、それだけだ」

と、いった。

「それは、戦友の中根さんの手帳の中の言葉と関係があるんですか？」

「あの手帳は、発表したくない」

と、小田島が、急に強い調子で、いった。

「それは、何とかなりますよ。ただ、地下全体は隠しておけません。何日間か、われわれだけで、まず、この巨大な地下要塞を調べるのです。その後で、マスコミを呼んで、この事実を発表します。それでいいと、私は思いますよ」

と、小笠原が、いった。

それに対して、小田島が、やっとうなずいた。

「分かった。それでは、明日から三日間、この巨大な地下司令部を、われわれだけで占拠して、徹底的に調べることにしよう。戦争末期に、ここで何があったのかをつきとめたい」

と、小田島が、いった。

「ということは、今日は六月十五日ですから、十八日まで、われわれだけで調べるということですね？」

「ああ、そうだ」

「そして十八日で個人的な、われわれだけの調査は終えて、その後、マスコミを呼んで発表する。そう決めてください」

と、小笠原が、いった。

その日は、地下要塞の真上、東金台地に全員でテントを張って、猫田たちは眠ることにした。それは、何者かが、侵入してきたりなどの不測の事態を防ぐためだった。

ところが、その夜の間に、小田島は、自分で車椅子を動かして、どこかに姿を消してしまった。

6

小田島がいなくなったことで、一時は大騒ぎになったが、朝近くなると、いつのまにか小田島は、戻っていた。

翌日の六月十六日も、全員で地下を調べ、写真やビデオを撮り、その広さを測ったりした。

十七日も同じ作業があったが、夕方になって、小田島が、われわれの敵と呼んでいるグループが姿を現した。

やって来たのは十二、三人だが、その代表の男が、小田島や小笠原たちに向かって、大きな声で、いった。

「この辺の土地千平方メートルを、購入する手続きを取ってきた。明日からは、この近辺の土地はすべて、われわれのものということになる。そうしたら、君たちには、ここから出て行ってもらう」

と、その男は、勝ち誇ったような顔で、そういうのである。

小田島が、大声で反論した。

「いいか、よく聞け。この辺の土地は私有地ではなくて、国有地だ。一部は県有地にもなっている。それを手に入れるためには、国や県を相手にした、購入のための入札が必要じゃないか？　君たちが勝手に国や県と闇取引をして、それで手に入れられるようなものではない」

そんな小田島を脅かすように、相手の男は、政治家の名刺を、小田島の目の前に突きつけてきた。

「それがどうした？　そんなものを見せられたって、俺は、ちっとも怖くないぞ」

と、小田島は、いって、いきなり、車椅子の下に隠していた猟銃を、相手に向かって突きつけた。一昨夜、姿を消していた小田島は、どこかに行って、猟銃を、手に入れてきたのだ。

「いいか、今から五分以内に、ここから立ち去れ。さもないと、俺は、あんたを撃たなくてはならなくなるぞ。いいか、俺は、今年でもう八十九歳になるんだ。いつ死んでもいいんだ。今は、この東金台地と、その下に眠る巨大な地下司令部にしか、関心はない。だから、あんたを撃った後、自分が死ぬことなんか何も怖くない」

と、小田島は、いい、いきなり宙に向かって引き金を引いた。

銃声が轟《とどろ》いた。

相手の男がひるむと、小田島は、連発銃の引き金をもう一度引いた。

再び銃声。

リーダーについてきていた敵の男たちは、顔色を変えて、逃げ去っていった。

「意気地のない連中だ。あんなヤツらに、この地下司令部を渡すわけにはいかん」

と、小田島が、笑いながら、いった。

「そんなもの、どこで手に入れてきたんですか？　乱暴なことは困りますよ」

と、小笠原が、いい、小田島が、黙っていると、

「そんなことをすると、今度、向こうは警察を連れてきますよ。そうなったら厄介ですよ」

と、続けて、いった。

「それでも構わないさ」

と、小田島が、明らかに興奮した口調で、いった。

「今、ヤツらにいったことは、決してウソじゃないんだ。私は、あと何年も生きられない。だから、この地下司令部の発見とその歴史にしか関心がない。そのためには、ここで死んでも構わないと、思っている」

六月十八日の最後の日、小笠原が、中央大学の現代史の准教授と千葉県の教育委員会の人間を連れてきた。自分たちと一緒に、地下司令部を見てもらうためだという。

東金市は、マスコミに発表したい、という小田島の要求を、あっさり受け入れた。

東金台地に造られた巨大な地下要塞を発見したグループのリーダーであり、それ以上に、殆《ほとん》ど、何の要求も出さなかったからである。

逆に、東金市長の方が、気を利かせて、

「将来、市か県の時代遺産になると思いますがその時には、発見者として、お名前を、プレートに彫りましょう」

と、いったが、小田島は、あっさりと、

「その必要はありません。発見できたのは偶然ですし、地下司令部を造ったのは、われわれではなくて、陸軍鉄道連隊ですから」

と、断った。

「それでは、かかった経費を請求して下さい。市としては、臨時の予算を組んで、出せますから」

「いや。それも必要ありません」

「皆さんも、同意見ですか？」

「もちろん、全員同意見です」

と、小田島は勝手に、市長に答えていた。

「それでは、発表会は、近頃まれな慶事ですから盛大にやりましょう。小田島さんが名前をあげている大学の先生にもすでに、市の方からも、お願いしています」

「出来れば、全て、地味にやって頂きたいと思います。地下司令部では、構築に当たった兵士の遺骨も見つかっているので」

と、小田島は、いった。

二人の会話は、自然に、猫田たちの耳に入ってきた。

地下要塞（司令部）の発見で、わずかだが連帯感の戻っていた、リーダーの小田島と、猫田たちの間が、また、ぎくしゃくする感じになってきた。

小田島が、東金市長と、勝手に、いろいろと、決めたことへの反発だった。

小田島も、それを感じたのか、前に、「発見された」という小判や、金細工を、売却し、それを、今回の祝金として、全員に分配した。

しかし、この行為が、かえってグループの中に、新しい不協和音を広げることになった。

（全員のものである筈の金を勝手に処分するのは、おかしい）

（もともと、小田島が、「里見埋蔵金の一部」といっているが、本当かどうか疑わしい）

と、いったことだった。

しかし、そうしたグループ内の空気とは関係なく東金市の方は、「世紀の大発見」として、大々的に、記念式典を計画した。

市は、「発見のあいさつ」を、小田島に依頼したが、小田島は、断った。困った市側は小笠原に、相談した。

そこで、小笠原は、発見は、全員だからとして、代表のあいさつは、クジ引きで、決めることになった。

その結果、猫田が、当たってしまった。

「晴れがましいことは、苦手だから、どうしたらいいんですか。教えて下さいよ」

という猫田に向かって、小笠原は、

「正直にいえばいいんですよ。本音が一番です」

と、教えた。

式典は、東金台地の上で行われた。

東金市がパンフレットを作って、マスコミに、ばらまいたせいで、東京のテレビ局もやってきて、いやでも盛大なものになった。

あいさつを依頼されてしまった猫田は、舞台の上に並べられた椅子の一つに腰を下ろして、徹夜で考えたあいさつの文章を、必死で暗記していた。

ふと、顔をあげると、近くに、仲間の小笠原たちがかたまっているのが目に入った。
二、三人が笑顔で手を振っている。
猫田も、ニッコリした。が、その中に、小田島の姿がないことに、気がついた。

あわてて、探した。

見つかった。

ひとりだけ、少し離れて、ポツンと、椅子に、腰を下ろしていた。

ただ、腰を下ろしているのではなかった。

大きな身体を丸めて、一心に、何かを見ているのだ。

何を見ているのか、すぐわかった。

小田島が、命の恩人だといっていた、戦友中根勝之の手帳を、見ているのだ。

式典が進み、時々、拍手が起きているのに、小田島は、手帳から、顔を上げようとしなかった。

猫田は、ふと、奇妙な思いに襲われた。

（小田島のやったこと全てが、あの小さな手帳を見つけるためだったのではないのか？）

深夜、機関車を走らせたことも、全員に東金台地を掘らせたことも。

いや、猫田たちを集めたこともである。

第七章　二人の遺書と日記

1

第一の遺書。

私は、今から自分の罪について遺書に書かなければならない。

私は、どうしようもない人間である。人一倍嫉妬心が強く、嘘つきである。それは、自分でも認める。

ここ数ヵ月間、私がやったことは、すべて虚栄である。そして、君たちをずっと騙《だま》し続けてきた。

私が、このように告白すれば、君たちは必ず、どうして、そんなことをしたのかと聞くだろう。

その理由は簡単だ。私のどうしようもない経歴や自尊心やめめしさを隠すためである。

日本の敗色がますます濃厚になり、無敵日本軍は、敗北を続けアメリカ軍の空襲によって、各地で多くの兵士が死んでいった。それなのに政府は声高に、本土決戦を叫んでいた。

しかし、現実の日本は、B29の爆撃や、アメリカ海軍の艦砲射撃、それにアメリカ機動部隊の千機を超す艦載機の重爆撃を受けて、苦しげにのた打ち回っていた。日本の敗戦は、もはや、時間の問題というしかなかった。

そんな緊迫した状況の中なのに私は、私自身の、非国民的な感情の享楽に、ふけっていたのである。

その時、私は陸軍鉄道連隊の兵だった。すでにこの頃、全国の中等学校は授業を、中止し、生徒たちは、軍需工場で、働くことを、命じられていた。

当時の男の中学生には、生き方は、限られていた。二つしかなかった。一つは、軍需工場で、働くこと、もう一つの生き方は、少年兵に、志願すること。そのどちらかしか、選択の自由はなかったのだ。

私は、軍需工場で働くことが、どうしても嫌だったので、陸軍鉄道学校に、少年兵として志願し合格した。その後千葉の陸軍鉄道連隊に配属されたが、そこには、私以外にも何人かの少年兵がいた。いずれも、十四歳か、十五歳の少年たちだ。

私は、はっきりと、断言するが、男がもっとも美しい年齢は、十四歳か、十五歳だと思っている。男が大人になる寸前、声変わりをする寸前、この短い時期がもっとも美しい。美少年の時期だ。美少年の美しさは、女のそれよりはるかに美しいと、今も私は、確信している。

ただ、残念ながら、その美しさの時は、長くは、続かない。それは、はかなくも、短いのだ。少年は、すぐ男になり、ヒゲが生え、声が変わり、たちまちのうちに、醜くなってしまうからだ。

もちろん、少年の時代の誰もが美しいわけではない。中でも、本当の美しさを持つ少年は、ごくわずかに限られている。

私たちの、陸軍鉄道第二連隊の少年兵の中に、本当の美しさを持つ、一人の美少年がいた。

戦争の末期で、少年たちは、速成の勉強と訓練を受けて、千葉県にある鉄道連隊に配属された。

美少年の名前は、中根《なかね》勝之《かつゆき》。

彼に出会った瞬間から、私は、その美しさに魅了され、たちまち恋情の虜《とりこ》に、なってしまった。

私にとって、初めての感覚といってもよかった。

昭和二十年。戦況は悪化し、本土決戦の声が巷《ちまた》にあふれていた。十八歳になった私も、ひたすら、国のために死を覚悟し、それ以外のことを考えることは、許されなかった。

そんな時に、私は、よりによって、美少年に対する感情の高ぶりを抑えられなくなってしまったのだ。

愛国心とか、滅死奉公とか、一億玉砕とか、当時必要とされた精神と、全く反対の感情だった。

当然、私は、恥じた。

何とか、その感情を消そうと、頭から水を浴びたり、木刀の素振り一日千回を自分に課したりもした。

しかし、無駄だった。

自分で制御できる感情ではなかった。

朝、中根と顔を合わせたとたん、私は、幸福感に包まれてしまい、冷水をかぶったことも、木刀の素振りも、けし飛んでしまうのだ。

その頃、千葉にいた私たち陸軍鉄道連隊は一日中、九十九里浜の海岸線に、アメリカ軍の上陸に備えて、防衛線を造る作業をしていた。

肉体的にも、精神的にも、辛い仕事だった。

その上、大本営の陸軍参謀本部の指示が、はっきりしなかった。最初、上陸してくるアメリカ軍を、水際で海に追い落とす、いわゆる水際作戦を指示してきた。しかし、アメリカ軍の爆撃と艦砲射撃で、海岸の防衛線が、潰されるとして、アメリカ軍を内陸に誘い込み、次に、全力で、包囲殲滅する、いわゆる誘導作戦に、変更した。しかし、誘導作戦を検討すると、反撃するだけの戦力のないことが分かって、また水際作戦に変更されたのである。

水際作戦では、九十九里浜の波打ち際に、防衛線を敷く。

実際に造るのは、陸軍鉄道連隊だが、連隊長は、反対だった。反対の理由は、簡単だった。

九十九里浜は、風が強く、波が荒いので有名だった。その海岸線に、陣地を造っても、強風と荒波で、潰れてしまう恐れがあると主張した。

連隊長が、その代わりに、提案したのは、九十九里浜より内陸に入った東金《とうがね》台地だった。ここは、平均二十メートル以上の高さのある台地である。地質も、かなり強固なので、ここに、地下要塞を造れば、艦砲射撃にも爆撃にも、びくともしないと、陸軍参謀に提案したのだが拒否された。

すでに、本土決戦の場合には、水際作戦を取れと命令されている。その命令に反することは、許されないというのである。

仕方なく、陸軍鉄道連隊は、命令に従って、九十九里浜の海岸に防衛陣地を築く作業を始めたが、連隊長は、風と波で崩れると考え、ひそかに、東金台地にも、隊員を派遣して、地下要塞を掘りすすめていた。

二月のある日、連隊長の恐れていた事態が起きた。

九十九里浜を、暴風が襲い、大波が海岸に打ちつけられ、防衛陣地は、次々に、崩壊していった。

それだけでなく、作業中だった隊員が、砂に埋まり、倒れた木材で負傷した。

救出作業が、開始された。私は、必死で中根を探した。九十九里浜で作業をしていたのを、知っていたからだ。

私は、中根以外の隊員はどうでもよかった。いや、正確には、他の隊員が助ければいい、しかし、中根は、絶対に私が助けると、自ら誓っていた。

風は、おさまっていたが、雨は降り続いていた。私は、ずぶ濡れで、海岸線を走り、中根を探した。

彼の名前を呼ぶことはしなかった。自分の秘密を、他の隊員に知られるのが、怖かった。からかわれるのが、怖かった。

だから、黙って、一人で、探した。

「誰を探しているんだ！」

「何を探してるんだ！」

と、年上の隊員が声をかけてくる。

私は、返事をしなかった。

雨で、前方が見えなくなる。

濡れた砂に足を取られて、転びそうになる。

だが、見つからない。

私は、いつの間にか、ぶつぶつ文句をいっていた。

「どこにいるんだ？」

「早く出て来いよ」

「死んじまったのか？」

「何とかいえよ！」

砂に足を取られて、また転ぶ。

「ちくしょう！」

と、起き上がろうとした眼の前に、にゅうーと一本、足が、突き出ていた。

海岸の砂地に穴を掘る。タコツボである。それだけでは、砂が崩れるので、木材を使って、突っかい棒にする。

それが、風と雨で、潰れてしまったのだ。

起き上がって、穴をのぞき込んだ。

一人の少年が、逆さまになって、もがいていた。

「中根か？」

「――――」

小さく唸っているが、声にならない。

突き出ている足首を摑んで、引きずり出した。

砂だらけ、泥だらけの中根の顔が、出てきた。

（このあと、どう声をかけたらいいのか？）

私には、それが分からないのだ。

小学生の時、好きな女の子に、わざと意地悪をしたり、学校の廊下を、女の子を追いかけたり、逃げたりする健康な思春期を、送って来なかったからだ。

ぬれた砂だらけの中根の顔が、眼の前にあった。

私がだらしなく迷っていると、中根が、砂だらけの身体で、私に抱きついてきた。

「――――」

何をいってるのか分からない。

いきなり、泣き出した。

「死んだと思った。ありがとう」

私が、何をいったらいいか、分からずにいる間に、中根が、泣きながら、いう。

私はざらざらした中根の身体を、抱きしめていた。

そうしていると、私の貧しい思春期が、ゆっくり、のり越えられて、いった。

私も、泣き出していた。泣きながら、嬉しさを噛《か》みしめていた。

だが、私の恋は、それ以上、進まなかった。

突然、「大丈夫かァ！」

という、年上の上等兵のドラ声がひびき、私たちに向かって、放水が始まった。

私たちは、あわてて、身体をはなした。

「男同士、くっついたって、仕方がねぇぞ！」

と、私たちを、からかう言葉が、聞こえた。

私と中根は、離れて立って、放水で、身体を洗われていた。

私は、眼を閉じて、中根が、泣きながら、抱きついてきた時の感触を、思い出し、しばらくこの感触を忘れまいとしたが、それは、無理な話だった。

放水で身体が洗われると、容赦のない、号令が私たちに陸軍鉄道連隊の兵だということを、思い出させた。

「整列！　もたもたするな！」

「各自、担当地区の損害を報告せよ！」

「こわれた木材は、一ヵ所に集めて、使用できるものを選別しろ！」

「早くやれ！」

まるで、声の大きさを競うように、命令というより怒号が、交錯する。

私と中根は、同じ鉄道第二連隊だが、その下の小隊が別だから、たちまち、私たちは、引き離され、小隊という、かたまりの中に、私も、中根も、埋没してしまった。

翌日から、また、単調な訓練と、作業が始まった。

ラッパの音で起床すると、各自、その場で、五ヵ条を暗誦する。

忠節にもとることなかりしか

礼儀にもとることなかりしか

武勇にもとることなかりしか

信義にもとることなかりしか

質素にもとることなかりしか

「軍人勅諭」の中にある、忠節、礼儀、武勇、信義、質素の五つである。

毎日、この五ヵ条を暗誦する度に、私は、自分が、叱責されているような、気持ちになってしまう。

軍人勅諭の書かれた手帳を、眼の高さに掲げ、五ヵ条を暗誦するのだが、それが、私には次第に苦痛になってきた。そのうちに、私は、暗誦するふりをして、眼を閉じることにした。

九十九里浜海岸でのことがあって以来、私たちは、二人だけで会うことがなくなっていった。

鉄道第二連隊は、全員で作業に出ることが多かったが、私は、第二小隊、中根は第一小隊だから、別のグループでの作業である。

アメリカ軍は、沖縄に上陸した。

防衛に当たる陸軍の第三十二軍は、民間人と、「共生共死」を合言葉に奮戦しているが、「本土決戦への時間稼ぎ」といわれるから、勝利を考えていないのだろう。

そう考えると、沖縄決戦も、玉砕で終わり、次は、文字どおり、本土決戦である。

参謀本部は、相変わらず、アメリカ軍は、九十九里浜と、相模湾《さがみ》に上陸してくると考え、参謀本部は、九十九里浜の海岸線に防衛線を築けと、命令してきた。

鉄道連隊の木田《きだ》連隊長は、九十九里浜の作業を続けながら、東金台地の穴掘りも、続けていた。

第一小隊と、第二小隊は、交代で、九十九里浜と、東金台地の作業に行くので、私が、中根に会えるチャンスは、少なくなっていった。

そのことを、私は、天罰だと感じ、顔を見ない方がいいとも、自分にいい聞かせたが、これは、もちろん、痩せ我慢だった。

ひとりで作業しながら、中根のことを考える。

中根は、美しい。彼の笑顔、彼の声、それを、遠くから見たり聞いたりしただけでも、私は、幸福感に包まれるのだ。

そのチャンスが、どんどん少なくなっていく。そんな不安に襲われている時、第一小隊の小隊長、高田《たかだ》少尉が、中根を可愛がっているという噂が、聞こえてきた。

高田少尉は、熊本《くまもと》の出身である。熊本には後輩を先輩が可愛がる風習がある。

私は、その噂を聞いた瞬間、高田少尉の頬の青いひげ剃り跡を思い出した。

私は、その日、夕食のあと、第二小隊の兵舎を抜け出して、第一小隊の兵舎を覗き込んだ。

小隊長高田少尉の部屋にだけ、明かりが、ついていた。兵士たちの兵舎は、暗い。

連日の作業で、疲れ切っているのかも知れない。

私は、明かりのついている高田少尉の部屋に近寄った。

話し声が、聞こえた。

窓から、覗き込む。

高田少尉の大きな背中が、私の眼に飛び込んできた。

高田少尉が、笑い声を立てている。

話しているのは、小さな兵だった。

「くすぐったいか?」

いる。

兵は、まぎれもなく、中根だった。頭を刈られながら、嬉しそうに、ニコニコしている。

よく見ると、彼は、小さな兵を抱いて、バリカンで、頭を刈ってやっているのだ。

と、高田少尉が、いう。

私は、呆然として、二人を凝視した。

「顔も、剃ってやろう」

「小隊長殿のように、男らしいひげが生えたらと願っているのですが、駄目であります。どうしたら、よろしいんでしょうか？」

「貴様は、今のままで、いいんだ。可愛くていい」

「ありがとうございます」

「来月から、私の当番兵を命じる」

「私に務まるでしょうか？」

「務まるよ。私の肩を叩いてくれればいいんだ」

「あッ」

と、小さく声をあげたのは、私の方だった。

覗き込んでいた私は、そこにあった小石を蹴ってしまったのだ。

私が、腰をかがめた瞬間、高田少尉がふり返った。

(見られたか?)

と、一瞬、心臓が、凍りついたが、何も起きなかった。

翌日、私の小隊長から呼ばれて、

「すぐ、第一小隊へ行け。向こうの高田少尉が貴様の作業ぶりを見て感心し、いろいろ聞きたいそうだ」

と、いわれた。

今度こそ、私の心臓は本当に、凍りついた。

「お断りすることは出来ませんか?」

「何か、理由があるのか?」

「私の作業など、高田少尉殿の参考になるようなものではありませんから」

「高田少尉は、誉めているんだ。自慢してきたらいい」

何も知らない小隊長は、笑顔でいう。

もう、逃げ道はなかった。

第一小隊に行くと、高田少尉がすぐ、私を裏山に連れていった。

「軍人勅諭の五ヵ条を、一つずつ大きな声でいえ」

と、いった。

「忠節にもとることなかりしか」

声が、ふるえた。

「昨夜、私の部屋をのぞき込んだ。そんなことで、天皇陛下に忠節を尽くせると、思っているのか？」

「思えません」

「バカ者！」

の怒声と一緒に、鉄拳が、飛んできた。

私の身体が、吹っとんだ。

辛うじて、立ち上がると、

「第二条をいえ！」

「礼儀にもとることなかりしか」

「他人の部屋をのぞき込んで、貴様の礼儀はどうなっているんだ！」

「申しわけありません」

「バカ者！」

また、鉄拳が飛んでくる。

忠節の次は、礼儀、武勇、信義、質素と、続く。それが、繰り返され、私は、その場に倒れて、動けなくなった。

そんな私に、高田少尉は、最後のとどめをさすように、

「貴様の名前を教えてくれたのは、兵の中根だ。あいつも、貴様を軽蔑《けいべつ》しているぞ」

と、いった。

その言葉の半分を聞いたところで、私は、気を失ってしまった。

私を助けてくれたのは、戦友ではなく、農家の主婦だった。

私が倒れていた森に、彼女は、キノコを採りにきて、倒れている私を発見したのである。私が陸軍鉄道第二連隊のマークをつけていたので、千葉市内の本部に連絡した。

私は、千葉市内の病院に入院させられた。

右足と右腕を骨折、肋骨二本が折れ、前歯四本が失われる重傷だった。

見舞いには、誰も来なかった。

そのこと自体に、私は怒りも、落胆も感じなかった。

私が知りたかったのは、やはり、中根のことだった。

高田少尉は、中根も貴様を軽蔑しているぞといったが、本当かどうか分からない。だから本当のことを、知りたかった。

鉄道連隊の中で、私は、どんなことになっているのか知りたかった。あの高田少尉が、私の悪口を、言いつのっているだろう。

だが、私の噂が、病院に入っている私の耳に入って来ないのだ。

四月中旬になって、私は、やっと退院することが出来た。相変わらず、だれも迎えに来ない。仕方がないので、電車を使って、原隊、鉄道第二連隊に戻ることになった。

私が入院していた一ヵ月半の間に、国の内外で何があったか、病室のラジオで聞いていたので一応、知っていた。

三月十日のB29による東京《とうきよう》大空襲のことも私は、ラジオで知った。

鉄道第二連隊の第二小隊長に、まず、あいさつすることにした。

嫌味をいわれるかも知れないと、覚悟していたのだが、

「ご苦労だった」

と、温かく迎えてくれた。

「第一小隊の高田少尉殿は、私のことで、何かいって来ませんでしたか？」

私が、きくと、

「高田少尉は、もう、ここにはいないよ」

「どうしたんですか？」

「君が入院したのが、三月五日だ。その直後に、沖縄守備隊から、若い将校が必要だということで、高田少尉が、急遽、沖縄守備隊に、呼ばれていった。そのあと、三月二十六日に、アメリカ軍が、沖縄の慶良間《けらま》諸島に上陸したから、間に合ったんだ」

「沖縄ですか」

「二回ほど、連絡があったんだがね。四月一日に、アメリカ軍が、沖縄本島に、上陸してから、連絡がとれなくなった」

「これからどうなるんですか？」

「最初は、沖縄決戦といっていたんだがね。それだけの戦力がないから、本土決戦のための時間稼ぎに、ランクが落ちた。こうなれば、援軍は送らず、手持ちの戦力だけで、とにかく、一時間でも長く戦えということだよ。結果の分かっている戦いだ」

「結局、玉砕ですか？」

「司令官は、自決し、残りの将兵が、最後の突撃を行って、玉砕だ。ただ、最近は、日本兵の捕虜が多くなっているらしい」

と、小隊長が、いう。

「どうして、そんなことが、分かるんですか？　日本軍は、捕虜のことなんか、絶対に発表しないでしょう？」

私がきいたが、小隊長は、笑って答えなかった。今になると、小隊長は、どうやら、短波ラジオをひそかに作って、それで、外国放送を聞いていたらしいのだ。

もちろん、その時の私にとっては、高田少尉のことと、中根のことの方が、大事なことだった。

高田少尉が、沖縄に行ってしまったことは意外だったが、私は、ほっとした。また殴られるのではたまらないと、思っていたからだ。

沖縄戦では、ああいう男だから、多分戦死するか、自決するだろうと思った。そのことには、何の感慨もなかった。

第一小隊の隊長がいなくなってしまったので、私のいた第二小隊と、合併することになり、中根と一緒に訓練し、作業することになった。

ただ、私が原隊に復帰してしばらくは、中根との間はぎくしゃくしたものになった。それでも、高田少尉がいなくなっていることは、救いだった。もし、高田少尉が、前と同じように、第一小隊の小隊長で、中根が第一小隊に所属したままだったら、間違いなく、私は、中根を、その時に失っていたに違いなかったと思う。

それでも、私と中根の間はぎくしゃくしていた。

高田少尉が、最後にいった「中根も、貴様を軽蔑しているぞ」という言葉が、私の気持ちの上の棘《とげ》になっていたし、中根の方も、同じ小隊になったのに、いつも、私の様子を窺うような眼で、私を見ていた。

それが、ある事件がきっかけで、中根の方から、私に近づいてくるようになった。

四月下旬に起きた事件だった。

私たちが所属していた陸軍鉄道連隊では、全員が広大な基地の中で、兵営生活をしていた。その中には、兵舎、食堂、体育館、病院、工場が完備していた。

全て、日本陸軍の黄土色である。これを上空から見れば、日本陸軍の一つの師団の基地に見えたに違いない。アメリカ軍から見れば、九十九里浜に上陸する場合には、邪魔な存在に見えていたに違いない。

その日、アメリカ機動部隊の艦載機五百機が、千葉周辺を襲い、その中の百機が、陸軍鉄道連隊の基地に襲いかかってきたのである。

早朝の午前五時だった。

私たちは、まだ眠っていた。

突然、警報が鳴り、高射機関銃の発射音が聞こえ、バリバリという空気を引き裂く音と共に、艦載機が、一斉に私たちの兵舎に向かって、機銃掃射を開始した。

私はすばやく起き上がり、軍服を身につけて、飛び出した。

兵士たちの中には、防空壕に逃げ込む者もいれば、連隊内の丘に祭る神社に向かって走る者もいた。

迷った時は、神社に集合といわれていたので私も、丘の神社に向かって走った。

その時、私は、兵士たちの中に、中根の姿がないことに、気がついた。

中根は、東北の生まれである。先日、連隊長が、

「本土決戦に備えるため、郷里が遠い者には休暇を与えるので、家族に別れを告げてこい」

と、指示を出していた。

たしか、中根は、三日間の休暇を与えられて、郷里に帰っており、昨夜遅く、郷里から兵舎に帰ってきているはずだった。

もしかしたら、中根は疲れ切っていて、まだ、眠り込んでいるのではないかと考え、兵舎に引き返した。

案の定、中根は、艦載機の激しい襲撃にも、気がつかず、疲れ切って眠っていた。

私は、彼を叩き起こすと、軍服に着替えるのを手伝い、まだ、寝ぼけている中根を引きずるようにして、一緒に逃げ出した。

その途端に、艦載機の十二・七ミリ機銃が兵舎に命中し、中根が寝ていた部屋の辺りの壁や窓ガラスが飛び散り、燃え出した。

艦載機の激しい攻撃は、二時間にもおよんだ。

このあと中根は、私のことを命の恩人だとふれ回り、何かというと、私に近づいてきた。

自然に、私たちの、ぎくしゃくが直っていった。

命の恩人という大きな理由があるので、折りに触れて、私が中根と親しくしても、それを非難する者は、いなかった。

六月に、文化祭が連隊内で、開かれることになった。

その売り物は、兵士たちによって行われる一幕の芝居だった。ストーリーは、たわいのない人情物だったが、その芝居の中で、中根が女装して、芸者の役を、することになった。

私は、その話が決まった時、不安になった。もともとが美少年の中根の芸者姿は、絶対に、美しいに決まっていたからだ。

私が不安になったのは、芝居で中根が芸者に扮し、その美しさが、連隊全員の注目を、集めることになったら、かろうじて私が、独占している中根の愛情を、ほかの兵士たちに奪われてしまうのではないかと、思ったからだった。

芝居が始まってみると、中根の美しさは、想像以上だった。中根の芸者姿は、間違いなく美しかったし、兵士たちの誰もが、食い入るような目で、舞台の上の中根を見つめていた。

そのあと、私の心配は、現実のものとなった。それも、あろうことか、中根を、連隊長が、気に入ってしまったのである。

陸軍鉄道連隊で、連隊長の権威は強大で、絶対である。私など、どう頑張っても、勝てるはずがなかった。

文化祭が終わるとすぐ、木田連隊長の後任の柏木《かしわぎ》連隊長は中根を呼びつけると連隊長付きに任命して、何をするにも、どこに行くにも、中根を必ず連れて歩くようになった。それは、まるで恋人のようだった。

私が悔しかったのは、中根本人までもが、連隊長に、可愛がられることを喜び、その上得意になっていることだった。そんな中根を見ていることが、私には、耐えられなかった。

柏木連隊長には、もちろん、妻子があった。

妻子があるのに、連隊長は、どうして、中根を独占し、まるで恋人のように連れて歩くことができるのか？

連隊長だからといって、そんなことが、はたして許されるのだろうか？

私はだんだん腹が立ってきて、密かに連隊長の妻に手紙を書くことにした。

その手紙は、今から考えると、恥ずかしくなるほど、自分の感情をむき出しにしたものだった。

私は、次のような手紙を書き、連隊長の家族に送ったのだ。

「柏木連隊長には、連隊の中に、恋人がいます。

中根という、女性よりも美しく、可愛らしい兵士です。連隊長は、堂々と連れ歩きひんしゅくを買っています」

その後、連隊長は、中根に対して距離を置くようになった。

こうなると、中根は、私のそばに寄ってくるものと、思ったのだが、違っていた。

今度は連隊長に、代わって、二十代の副官が、中根のことを可愛がるようになったからである。

副官は高田少尉と同じ九州の生まれで、陸軍幼年学校では、下級生を可愛がっていたようで、人前でも平気で、中根の名前を口にした。

連隊長は、兵士たちの前では、遠慮勝ちに中根を可愛がっていた。しかし、副官は、自分が独身で、陸軍幼年学校時代に、お稚児さんの経験があるということもあってか、飲んで酔った時などは、わざわざ中根を呼びつけて、抱いて見せたりするのだった。

私には、とても出来なかった。

まるで、美しく楽しいオモチャを取りあげられて、泣きべそをかいている少年のような気持ちだった。

その上、そんな負け犬の気持ちになっている私をからかうように、今回の副官の場合も、中根は、彼自身も喜んでいるように見えた。

(この世界も力関係なのだ)

と、私は、自分にいい聞かせた。

私は、軍隊では、一番下位の兵士である、連隊長にも副官にも、前の高田少尉にも、とても、かなわない。

私は、中根を諦めることにした。

少年兵は、とうに卒業した。

一人の兵士、一人の鉄道連隊のプロとして、技術の習得に励もう。

間もなく、本土決戦である。中根のことは忘れて、戦いに備えなければならないのだ。


空元気である。

しかし、続けているうちに、本当の元気が出て来そうな感じがした。

副官と、中根が楽しんでいても、眼をつぶっていよう。

そう考えていると、不思議なことに、中根の態度も変わってきた。

今までは、副官と仲が良いことを、殊更《ことさら》、私の眼の前では、誇らしげに見せていたのが、私を、誘うような眼をして、こちらを見るのだった。

私は中根の変化に戸惑った。

美少年の美しさは、色気とか、コビとかを感じさせない、純粋な美である。

それが、突然、少年の美しさから、女の美しさに変わってしまったのだ。

中根自身は、意識してはいないに違いない。

意識せずに、中根が、美少年から、女に変わってしまったのだ。

私は戸惑い、無性に腹が立った。

私は美少年の美しさに、恋したのだ。

べたつく色気とか、作られたものではない美しさに、恋したのに、今の中根のそれは、作られた美しさではないか。

私は、腹立たしさと、欺《だま》されたという意識を抱えて、中根を見ているうちに、ふっと、殺意を感じた。

美少年が、女に変わったと感じたとき、中根の美しさに対する憧れは、コビを示す女に対しての殺意に変わったのだ。

私たち鉄道第二連隊が、東金台地の掘削作業に出かけた日、中根と副官の二人が、地下要塞に入って行ったのを狙って、二人の頭上で、ダイナマイトを爆発させた。

その日の夜から鉄道第二連隊の全兵士による、二人の救出作業が始まった。

しかし、東金台地は、堅い地層に守られていて、掘り進むのが難しかった。

その上、連日のように、アメリカの艦載機が、東金台地の周辺を機銃掃射し、爆弾を落としていくため、東金台地自身が大きく変形してしまって、作業をより難しくさせていた。

連隊は救出を諦めた。

副官が地下要塞に埋まってしまったことに対しては、正直にいえば、何の後悔も罪悪も感じなかった。

私が唯一後悔を感じていたのは、中根が、地下に埋まってしまったことだった。自分でやっておきながら、私は後悔していた。中根の変化に腹を立ててのことだったが、中根自身は精一杯の演技だったのかも知れないのだ。自己嫌悪にも陥った。

そして今、戦後七十年である。

あの時代、われわれ鉄道第二連隊が東金台地に造った地下要塞は、今、どうなっているのだろうか？

中根の遺体は、どうなっているのだろうか？

ここに来て、地質学者や陸軍鉄道第二連隊の生き残りで、現在九十代の高齢になっている兵士たち、そして、東金台地にマンションを建てようとしている建設業者など、そうした連中が深さ五メートルまで掘ることのできる機械を持ち込んで、一斉に東金台地の地下に埋もれた要塞を、調べ始めたことを知った。

もちろん、私がやったダイナマイトの爆発で地下の要塞は、地下数メートルのところで潰れてしまった。しかし、専門家は、すぐには完全に潰れず、一週間か十日ほどは、造られた部屋も地下通路もそのままだったはずだから、おそらく数日間、副官や中根たちは、地下要塞の中で生存していたに違いないと推測した。

私が、その話を聞いた時、とっさに考えたのは、もし、中根が一週間か、あるいは、十日も生きていたら、地下要塞の中で日記のようなものをつけていたに違いないということだった。

中根は、連隊長に可愛がられ、その後、副官にも可愛がられて、いつも彼等のそばにいた。その時、中根が克明な日記をつけていたことを、私はもちろん、周りの人間は、誰もがよく知っていたからである。

私は、中根がつけていた日記というものがあれば、それをぜひ読んでみたくなった。

もし、そうした日記があれば、おそらく、中根は、地上でダイナマイトを爆発させたのが私で、それによって、自分たちが地中に閉じ込められてしまったと、はっきりと書いたことだろう。私に対する恨みつらみを書いたかもしれない。

もちろん、そうなれば、七十年前に私が、やったことが、明るみに、出てしまうだろう。

私は、それでも一向に、構わなかった。そこに、どんな言葉が書いてあってもよかった。

とにかく、七十年前に、地下要塞の中で、中根が日記を、あるいは、遺書を書いていたならば、ぜひその日記、あるいは、遺書を読んでみたいと思った。

そのためには地下要塞を掘り出して、中根の遺骨を、発見しなければならない。私は、なぜか、そうする使命感に、次第に支配されていった。

私は、東金台地の地下に眠っている地下要塞を、掘り起こそうと決意した。

そのためには莫大な資金がいるだろうし、賛成し協力してくれる人々が、必要だった。

しかし、私には、金がないし、信頼できる仲間もいない。

そこで、まず仲間を作ることから始めた。

と、いっても、私が「千葉県の東金台地には、太平洋戦争中、鉄道連隊によって造られた地下要塞があります。それを私と一緒に掘り出しましょう」といったところで、簡単に賛成する人間はいないだろう。

そこで、私が考えたのが「南総里見八犬伝《なんそうさとみはっけんでん》」を利用することであり、里見家の埋蔵金というお伽話《とぎばなし》だった。

お伽話は大袈裟なものであればあるほど、人間は、そのお伽話に惹かれるものだと、私は考えた。

ある時、私は、この日本には、猫という字を使った名字を持つ人間が、何人いるだろうかと考えてみた。

うまくいけば、一つのグループを作れるかもしれない。「南総里見八犬伝」では、犬の名前がついた剣士が活躍したのだから。

そう思ったが、今さら、犬の名前がついた人間を集めたところで、二番煎じになってしまう。

それなら、犬よりも猫の名前のほうが面白いだろう。調べてみると、十人はいるとわかった。

その上、猫の名前の人の多くが、自分の名前にコンプレックスを持っていることが、分かった。まず、これを利用することにした。

2

中根勝之の遺書。

私は今、東金台地の地下に造られた巨大な要塞の中にいる。いや、もっと正確にいえば、潰れた地下要塞の中に閉じ込められてしまっているのだ。

東金台地の地下数メートルのところに造られた地下要塞は、千葉県内に配属されていた陸軍鉄道第二連隊の兵士たちが造ったものである。

完成間際に、ある人間が地下要塞の上でダイナマイトを爆発させたために、その衝撃によって、地下要塞は埋もれてしまい、副官や仲間とともに、そこにいた私は、閉じ込められたのである。

今、地上では、おそらく、迫りくる本土決戦に備えての準備に、躍起になっているはずだった。

だとすれば、私が閉じ込められている地下要塞を掘り起こす時間は、ほとんどない。つまり、誰も助けには来てくれないということである。

そこで、私は、わずかに残った空間で、残り少ない時間を使って、遺書を記すことにした。

現在、まだ、発電機が働いているようで、要塞内には電灯が点き、酸素も辛うじて供給されているが、あと三日か四日で、すべてが停まり、私たちは、ここで死ぬことになるだろう。

私は、たぶん二度と再び、地上に出ることは不可能だろう。助かる見込みもない。だから、私がこれから書こうとしていることは、すべて真実であり、今の私の本当の気持ちである。私を閉じ込めた人に話す。

Aさんと、あなたのことをそう呼ぼうと思う。ここに、あなたの本当の名前を書くつもりはない。

だが、私を閉じ込めたあなたを助けようとして、名前を、書かないわけではない。

私は、間もなく死ぬことになるし、アメリカ軍が上陸してくれば、あなたも、この地下要塞を造った人も、すべて、死ぬことになるだろうと思うからである。

だとすれば、死者にムチ打ったところで、どうしようもないし、何の意味もない。

だから、こうなるまでの経緯を記しておくことにする。

少年兵として陸軍鉄道第二連隊に入隊した私とAさんは、不思議な形で、お互いに相手を意識し、ある形で愛し合った。数ヵ月間、私たちは、純粋に愛し合った。

それは、間違いのない事実であったことを、ここに、はっきりと記しておく。

その間、私は、毎日が楽しかった。あのままでいけば、私たちは、アメリカ軍が上陸してきて、本土決戦になったとしても、死ぬまで、純粋に愛し合えたはずだと、私は、思っている。

これは、私の本当の気持ちである。

ところが、私とAさんの間に、問題が起きた。それは、連隊長と副官が私に好意を持ち、いつも私を自分のそばに置いておきたいために、私を連隊長付き、あるいは、副官付きにしたことだった。そのため、私は、今までのように自由に、あなたと会うことが、できなくなってしまった。

そんな私を、Ａさんは、裏切り者と決めつけたに違いない。

おそらく、私が連隊長や副官に、平気でコビを売り、裏切ったと考えたに違いないのだ。私にも、容易に想像できる。

しかし、それは、違う。だからこれだけは、はっきり書いておきたい。

私は、大人の臭いのする、連隊長や、何事にも命令口調の副官は、どちらも、嫌いだった。

しかし、あの二人は、Ａさんのことを殺そうとしていた。これは嘘ではない。

連隊長や副官から見れば、少年兵上がりのあなたや私などは、どうにでもなる、ちっぽけな、存在なのだ。だから、あなたを殺そうと思えば、いとも簡単に殺すことができたのだ。

方法は、至って簡単だと、彼らは、いっていた。

あなたに、自分たち上官の命令に従わない反抗的な兵士というレッテルを貼って、激戦地に、送ってしまえば、いいのである。これぐらいのことは、連隊長や副官にとって実に容易なことだった。あなたに対して、転属を命じるという書類を一つ出せばいいだけの話なのだ。二人は、これを懲罰召集といっていた。

一枚書類を作れば、あなたは船に乗せられて、一番の激戦の地域、例えば、沖縄に送り込まれ、アメリカ軍が、あなたを簡単に、殺してくれるのだ。

私は、いいかげんな嘘を書いているのではない。連隊長や副官の机の上に、Aさんに対する転属命令書が載っているのを、はっきり、この目で見てしまったのだ。

行き先は、どちらも、沖縄になっていた。過酷な戦場に、送り込んで、敵の手で、殺してもらおうと、そう考え、実行しようとしていたのだ。

上官にしてみれば、ただ一本、転属命令書さえ書けば、あなたを死に追いやれるのだ。

それを見た瞬間、私は呆然とした。私は、Aさんに、そんな死に方だけはして貰いたくなかった。

だから、私は連隊長や副官に、Aさんの転属命令を出させまいとした。

だから、私は、連隊長や、副官と仲良くなるしかなかった。仲良くなれば、Aさんの転属命令を取り消せるからだ。

私にとって、それが、どんなにイヤで、辛いことだったか、Aさんには、想像がつくだろうか？

私とAさんは、どこまでも、純粋無垢な少年兵だった。

あなたの匂いは、薄汚れた大人たちの臭いとは、まったく違っていて、きれいで、気持ちのいいものだった。私は、そんなあなたの匂いが好きだった。

それは、たぶん、あなたも同じだっただろう。あなたも、私の匂いが好きになってくれていたと思う。それは、大人になる前の、一瞬の、きれいな、そして、清々しい匂いだったから。

そんな私が、あなたを救うためだといっても、連隊長や副官と仲良くしていたことを、あなたは、裏切りと受けとったに違いない。

そして、あなたは、私を殺そうとした。

今、Aさんによって、地下要塞の片隅に、閉じ込められてしまっても、私は別に、Aさんを恨むとか、憎むとかは、まったく考えない。今の私には、そんな気持ちなど、これっぽっちもないのだ。これは本当だ。

この部屋には、不思議に、イヤな大人の臭いがない。おそらく、どこかで、換気装置が、少しだけ、動いているのだろう。

今、この遺書を書き終わって、あなたの少年の頃、そして、私の少年の頃の匂いを、思い出そうとしている。

3

十津川《とつがわ》警部の日記。

本日、千葉県内の、東金台地で掘り起こされた、戦時中の地下要塞を見学した。

私が興味を持ったのは、地下要塞の広さではなく、二人の兵士の遺書である。

私は、中でも、中根勝之の遺書の中にあった「少年の匂い」という言葉に、惹かれた。

たぶん、彼が生きていた頃、周囲には火薬の臭いや戦争の臭いが、充満し、その中で踊り狂う将校たちの臭いが際立っていたのかもしれない。

その中にあって、この二人だけは、戦争の臭いでも戦闘の臭いでもない、純粋な「少年の匂い」を漂わせていたに、違いないのだ。

解説

山前　譲（推理小説研究家）

一九七八年刊の『寝台特急《ブルートレイン》殺人事件』以来、西村京太郎作品に鉄路は欠かせなくなった。寝台特急のような夜行列車のほか、新幹線、在来線、私鉄など、日本各地の鉄路で数多くの事件が起こっている。その間、日本国有鉄道が分割民営化されるという日本の鉄道史に特筆される出来事もあった。

残念ながら寝台特急のような夜行列車は次々と廃止されている。それでも、「北斗星」や「トワイライトエクスプレス」、そして「カシオペア」といった豪華な列車が走りはじめると、必ず西村作品の舞台になってきた。なかなかチケットの取れない人気列車だったから、西村作品での紙上乗車を楽しんだだけの人も多かったに違いない。

一方、一九八二年の東北新幹線の一部開業以後、上越新幹線が新潟まで、そして北陸新幹線の一部が軽井沢まで開通するといったように、新幹線網はしだいに密になる。在来線ながら軌道は新幹線規格の山形新幹線や秋田新幹線も含めて、新幹線は西村作品でたびたび舞台となってきた。

東北新幹線が新青森駅まで全通し、北陸新幹線が金沢駅まで延伸されると、西村作品ではもちろんすぐに取り上げられている。北海道新幹線が新青森・新函館北斗間で二〇一六年三月に開業すると、『北海道新幹線殺人事件』が書かれた。

在来線は赤字路線が廃止されたり、長年走ってきた列車がなくなったりと、あまりポジティブな話題はないけれど、近年ではグルメに注目したものなど、ユニークな観光列車が各地を走りはじめている。『十津川警部　九州観光列車の罠』や『能登花嫁列車殺人事件』など、西村作品ではそうした列車も楽しめるのだ。さらには、銚子電鉄、一畑電車、鹿島臨海鉄道、あるいは神戸電鉄といった、地元密着の私鉄も西村作品では主役となってきた。

この『内房線の猫たち――異説里見八犬伝』は千葉県内を走る内房線がタイトルに織り込まれている。内房線は房総半島の東京湾側を走る、蘇我・安房鴨川間の一一九・四キロの鉄路だ。まず蘇我・姉ケ崎間が一九一二年に木更津線として開業した。一九一九年、安房北条駅（現・館山駅）まで延伸され、北条線と改称される。安房鴨川駅までの全区間が開通したのは一九二五年だった。

一九二九年、房総半島の太平洋岸を走る房総線が安房鴨川駅まで到達する。北条線がそこに編入され、房総線は房総半島を一周するようになった。ところが一九三三年に蘇我・安房鴨川間が分離され、房総西線となる。それが内房線と改称されたのは一九七二年だ。現在（二〇一八年）、内房線の列車は千葉駅や東京駅まで直通していて、東京駅からは特急「さざなみ」が走っている。通勤通学、そして房総半島への観光と、利用客は多い。

本書の主人公である二十八歳の猫田京介は、その「さざなみ」で館山へと向かっている。どうして内房線のその特急に乗ることになったのか。それは彼にとってまったく思いもよらない展開だった。

定職もなくフラフラしていた猫田は、酔っ払って警察沙汰を繰り返していた。そんなとき、浅草警察署の留置場で知り合った小笠原に強引に誘われて、「さざなみ」に乗った、いや乗せられたのである。その車中で小笠原は、曲亭（滝沢）馬琴の書いた『南総里見八犬伝』のことを話し出す。猫田の祖先はそのモデルとなった里見家の家臣だというのだが――。

曲亭馬琴が文化十一（一八一四）年から二十八年もかけて刊行した『南総里見八犬

伝』は、戦国時代へと向かいはじめる室町中期、安房（千葉県の南）を拠点としていた房総里見氏をめぐる波瀾万丈の伝奇小説である。仁・義・礼・智・忠・信・孝・悌の霊玉を持つ八犬士が、怨霊や妖怪と戦いを繰り広げていくが、ある世代には一九七三年四月から二年間放映されたＮＨＫの連続人形劇『新八犬伝』での、「われこそは玉梓《たまずさ》が怨霊〜」という決めセリフが耳に残っているに違いない。

猫田が向かった館山には館山城天守がある。かつての里見氏の居城を再現したものではないけれど、その『新八犬伝』関連も含めて、『南総里見八犬伝』にまつわる資料が展示されている。

それにしても、八犬伝である。さすがに猫田だって疑問を抱くが、館山で訪れた里見家の菩提寺の住職は、馬琴の小説は架空で、本当は猫の字がつく家臣が八人いたと言うのだ。猫田は先祖について興味を覚える。ひょっとして生きがいが見つかるかもしれないと、館山のリゾートホテルに泊まったのだが、夜半、奇妙なものを目撃する。小さな蒸気機関車が駐車場の一角をかすめるようにして走り去っていったのだ。

蒸気機関車が？

ここからポイントが切り替わって、物語は内房線から別の鉄路へと進んでいく。といっても、普通の鉄道路線ではないのである。かつて千葉県にあった日本陸軍の鉄道連隊へと……。

鉄道連隊は戦地での鉄道敷設や補修を担う連隊で、一九一八年、千葉に第一連隊が、津田沼に第二連隊が発足した。兵員や軍事物資、そして大型兵器の運搬手段として、鉄道がもっとも優れているのは明らかだろう。鉄路がなければ線路を敷設し、鉄道橋がなければ新たに架ける。一方敵軍は、撤退する時、利用されないように破壊工作をするから、補修の技術も必要なのだ。

日清戦争でその必要性が認識され、一八九六年に鉄道大隊が創設された。そして日露戦争での実績を踏まえて連隊が組まれ、演習線が千葉に敷設され、軌道の敷設や架橋の訓練が行われた。千葉から津田沼を経由して松戸へと至る四十五キロほどの鉄路がそのメインで、一部は戦後、新京成鉄道の路線となっている。また、演習の一環として、国鉄や私鉄の建設工事や線路修理、あるいは災害復旧も行っている。一九二三年九月の関東大震災でも鉄道復旧に携わった。

一九三一年の満洲事変、そして翌年の満洲国建国という流れのなかで、一九三四年、第三連隊が満洲国ハルビンで編制された。中国が鉄道連隊の実践的活動の場となったが、一九四一年に勃発した太平洋戦争は、当時、大東亜戦争と呼ばれていただけに、戦線は東南アジアに広がり、鉄道連隊は数を増やしながら南方へと展開した。映画『戦場にかける橋』で描かれたタイとビルマ（現・ミャンマー）を結ぶ泰緬鉄道も、一九四二年から翌年にかけて第五連隊と第九連隊が建設したものだ。現地労務者と連合軍俘虜に多数の犠牲者を出してしまったのだが。

その鉄道連隊で使用されていた蒸気機関車が、今、千葉の公園に保存されている。軌間６００㎜のＫ２形で、いわゆる軽便鉄道用の小さな機関車である。戦地で新たに鉄道を敷設するのには、コンパクトなほうが便利だったろう。

猫田がホテルで目撃したのはこの機関車なのだろうか。猫田は保存されている公園を訪れ、近くの喫茶店でかつて鉄道連隊にいた老人と知り合う。その老人、小田島によれば、太平洋戦争の末期、鉄道連隊が九十九里浜での本土決戦作戦に関わったというのだ。太平洋戦争末期のエピソードが物語をさらなる迷宮へと誘っていく。

この『内房線の猫たち——異説里見八犬伝』は二〇一五年三月から九月まで「小説現代」に連載され、同年十月に講談社ノベルスの一冊として刊行された。二〇一五年は一九四五年の終戦から七十年という節目の年だったが、その前後から西村氏は戦争絡みの長編を次々と発表している。

『十津川警部　七十年後の殺人』、『沖縄から愛をこめて』、『郷里松島への長き旅路』、『北陸新幹線ダブルの日』、『十津川警部　八月十四日夜の殺人』、『暗号名は「金沢」——十津川警部「幻の歴史」に挑む』、『東京と金沢の間』、『十津川警部　浜名湖愛と歴史』といった長編が本書の前に刊行され、その後も『一九九四年の大震災——東海道本線、生死の境』や『無人駅と殺人と戦争』などが書かれている。終戦を東京陸軍幼年学校在学中に迎え、空襲も経験した西村氏にとっては、あの戦争はまだ完全な過去ではないのだ。

その戦争に安房里見氏の悲劇が交差していく。江戸時代の初めに里見氏は館山藩主となり、関東では最大の外様大名となったが、第十代忠義が失脚し、伯耆国《ほうき》（現・鳥取県中部・西部）に配流となり、嫡子がなかったために安房里見氏は途絶えてしまう。その里見氏の復興が事件のモチベーションとなっている。

里見氏は里見水軍として東京湾の制海権を争っていたという。『南総里見八犬伝』にも海戦が描かれている。そして馬琴は、江戸時代末期のアジアと欧米諸国の対立を意識してこの大長編を書いたという。八犬士は房総を敵から守ったのだ。数百年後、同じような状況が……。『南総里見八犬伝』と太平洋戦争末期の本土決戦という本書のテーマは、まったく異質のものでもないのである。そして物語は、戦争がもたらしたもうひとつの悲劇へと収束していく。

『十津川警部　猫と死体はタンゴ鉄道に乗って』と題された長編があるように、ペットとしては西村京太郎氏は猫派である。だからここでは八犬伝ならぬ八猫伝となったのだろうか。猫は現代の物語のそこかしこにも姿を見せている。まさか化け猫？　そして日本陸軍の鉄道連隊が鉄道推理としての興味をそそっていく。西村氏の発想はじつに大胆で、いつも読者を驚かせるのだ。

本書は二〇一五年十月、小社よりノベルスとして刊行されました。

内房線《うちぼうせん》の猫《ねこ》たち　異説里見八犬伝《いせつさとみはっけんでん》

西村京太郎《にしむらきょうたろう》

2018年10月16日第1刷発行

発行者――渡瀬昌彦

発行所――株式会社　講談社

東京都文京区音羽2-12-21　〒112-8001

電話　出版（03）5395-3510

　　　販売（03）5395-5817

　　　業務（03）5395-3615

Printed in Japan

講談社文庫

定価はカバーに
表示してあります

デザイン―菊地信義

本文データ制作―講談社デジタル製作

印刷―――大日本印刷株式会社

製本―――大日本印刷株式会社

ISBN978-4-06-512977-7

講談社文庫刊行の辞

二十一世紀の到来を目睫に望みながら、われわれはいま、人類史上かつて例を見ない巨大な転換期をむかえようとしている。

世界も、日本も、激動の予兆に対する期待とおののきを内に蔵して、未知の時代に歩み入ろうとしている。このときにあたり、創業の人野間清治の「ナショナル・エデュケイター」への志を現代に甦らせようと意図して、われわれはここに古今の文芸作品はいうまでもなく、ひろく人文・社会・自然の諸科学から東西の名著を網羅する、新しい綜合文庫の発刊を決意した。

激動の転換期はまた断絶の時代である。われわれは戦後二十五年間の出版文化のありかたへの深い反省をこめて、この断絶の時代にあえて人間的な持続を求めようとする。いたずらに浮薄な商業主義のあだ花を追い求めることなく、長期にわたって良書に生命をあたえようとつとめるところにしか、今後の出版文化の真の繁栄はあり得ないと信じるからである。

同時にわれわれはこの綜合文庫の刊行を通じて、人文・社会・自然の諸科学が、結局人間の学にほかならないことを立証しようと願っている。かつて知識とは、「汝自身を知る」ことにつきていた。現代社会の瑣末な情報の氾濫のなかから、力強い知識の源泉を掘り起し、技術文明のただなかに、生きた人間の姿を復活させること。それこそわれわれの切なる希求である。

われわれは権威に盲従せず、俗流に媚びることなく、渾然一体となって日本の「草の根」をかたちづくる若く新しい世代の人々に、心をこめてこの新しい綜合文庫をおくり届けたい。それは知識の泉であるとともに感受性のふるさとであり、もっとも有機的に組織され、社会に開かれた万人のための大学をめざしている。大方の支援と協力を衷心より切望してやまない。

一九七一年七月

野間省一

講談社文庫 最新刊

内田康夫
秋田殺人事件
浅見光彦、秘書になる⁉ 秋田政界を巻き込む大規模な詐欺と、不可解な殺人の真相とは。

西村京太郎
内房線の猫たち
〈異説里見八犬伝〉
『南総里見八犬伝』。しかし、里見家の忠臣の名前には、実は犬ではなく猫が入っていた⁉

長谷川 卓
獄《がく》神《じん》伝《でん》 血路
信玄配下の武田忍者と南稜七ツ家山の者とのバトル！ シリーズ原点となる始まりの物語。

柳 広司
幻影城市
満州にある東洋一の映画撮影所で、不可思議な事件が多発する。傑作歴史サスペンス！

平岩弓枝
新装版 **はやぶさ新八御用帳㈨**
〈王子稲荷の女〉
王子稲荷の裏で斬られた女。しかし亡骸《なきがら》が見つからない。隼新八郎が挑む怪事件。痛快七篇。

山本周五郎
戦国物語 **信長と家康**
〈山本周五郎コレクション〉
織田信長と徳川家康。その家臣たちを描く八つの物語を通して見える二人の天下人の姿とは。

日本推理作家協会 編
Acrobatic《アクロバティック》 物語の曲芸師たち
〈ミステリー傑作選〉
加納朋子、下村敦史、東川篤哉ほか、最高にトリッキーな作品を選りすぐった傑作短編集！

講談社文芸文庫

福田恆存

芥川龍之介と太宰治

解説＝浜崎洋介　年譜＝齋藤秀昭

ふ－２

対照的な軌跡をたどり、ともに自死を選んだ芥川と太宰。初期の代表的作家論「芥川龍之介Ⅰ」はじめ「近代的自我」への問題意識から独自の視点で描かれた文芸評論集。

978-4-06-513299-9

道簱泰三編

昭和期デカダン短篇集

解説＝道簱泰三

みＭ１

頽廃、厭世、反倫理、アナーキー、およびそこからの反転。昭和期のラディカルな文学的実践十三編から、背後に秘められた思想的格闘を巨視的に読みなおす。

978-4-06-513300-2

講談社文庫　目録

梨屋アリエ　スリースターズ
中原まこと　笑うなら日曜の午後に
中島京子　ＦＵＴＯＮ
中島京子　イトウの恋
中島京子　均ちゃんの失踪
中島京子　エルニーニョ
中島京子　妻が椎茸だったころ
奈須きのこ　空の境界(上)(中)(下)
中村彰彦　名将がいて、愚者がいた
中村彰彦　義に生きるか裏切るか〈名将がいて、愚者がいた〉
中村彰彦　幕末維新史の定説を斬る
中村彰彦　乱世の名将 治世の名臣
長野まゆみ　簞笥のなか
長野まゆみ　となりの姉妹
長野まゆみ　レモンタルト
長野まゆみ　チマチマ記
長嶋　有　夕子ちゃんの近道
長嶋　有　電化文学列伝
長嶋　有　佐渡の三人
永嶋恵美　擬態
永井　均／内田かずひろ 絵　子どものための哲学対話
なかにし礼　戦場のニーナ
なかにし礼　生きる力〈心でがんに克《か》つ〉
中路啓太　己惚れの記
中村文則　最後の命
中村文則　悪と仮面のルール
中田整一　トレイシー〈日本兵捕虜秘密尋問所〉
中田整一 編／解説　真珠湾攻撃総隊長の回想〈淵田美津雄自叙伝〉
中村江里子　女四世代、ひとつ屋根の下
中野美代子　カスティリオーネの庭
中野孝次　すらすら読める方丈記
中野孝次　すらすら読める徒然草
中山七里　贖罪の奏鳴曲《ソナタ》
中山七里　追憶の夜想曲《ノクターン》
中山七里　恩讐の鎮魂曲《レクイエム》
長島有里枝　背中の記憶
長浦　京　赤《セキ》刃《ジン》
中澤日菜子　お父さんと伊藤さん
中澤日菜子　おまめごとの島
長辻象平　半百《はんびゃく》の白刃 虎徹と鬼姫(上)(下)
中脇初枝　世界の果てのこどもたち
西村京太郎　四つの終止符
西村京太郎　七人の証人
西村京太郎　華麗なる誘拐
西村京太郎　寝台特急「日本海」《メモリー・トレイン》殺人事件
西村京太郎　十津川警部 帰郷・会津若松
西村京太郎　特急「あずさ」《アリバイ・トレイン》殺人事件
西村京太郎　寝台特急「北斗星」《ロイヤル・トレイン》殺人事件
西村京太郎　十津川警部 姫路・千姫殺人事件
西村京太郎　十津川警部の怒り
西村京太郎　新版 名探偵なんか怖くない
西村京太郎　十津川警部「荒城の月」殺人事件
西村京太郎　宗谷本線殺人事件
西村京太郎　奥能登に吹く殺意の風
西村京太郎　特急「北斗1号」《スーサイド・トレイン》殺人事件
西村京太郎　十津川警部「悪夢」通勤快速の罠
西村京太郎　十津川警部 五稜郭殺人事件

2018年9月15日現在